Verlag: BoD • Books on Demand GmbH, In
de Tarpen 42, 22848 Norderstedt
Druck: Libri Plureos GmbH, Friedensallee
273, 22763 Hamburg
ISBN: 978-3-7597-3052-7

Langer Treck mit Hahn

„Karawane der Frauen"

Vorwort

Diese Woche feiert unsere Stadt ihr vierzigjähriges Bestehen. Dafür wurde beschlossen, eine Zeitkapsel zu vergraben. Jeder Bürger sollte etwas Persönliches geben. Spencer und ich entschieden uns für die Geschichte der Stadt. Wie vor vierzig Jahren alles begann. Schließlich waren wir beide hautnah dabei.

Nichts Besonderes, werden viele von ihnen jetzt sagen. Doch, sollten sie wissen, dass es diese Stadt, die damals nur aus fünfunddreißig einsamen Männern bestand, ohne uns mutigen, tapferen Frauen, nicht geben würde. Wir Frauen, die dem Aufruf von Spencer und Samuel Tracy gefolgt waren, ihr Glück im weiten Westen zu suchen.

Im Jahre 1793 herrschte im Osten unseres Landes ein großer Frauenüberschuss. Das war dem letzten Krieg zu verdanken, aus dem viele junge Männer nicht Heimkehrten. Auf jeden heiratsfähigen Mann kamen etwa drei Frauen. In dieser Zeit kamen Männer von weit her und warben für den erst kürzlich erschlossenen „wilden Westen". Dort hatten sich mutige Pioniere niedergelassen und suchten jetzt nach Ehefrauen. Ein verlockendes Angebot für uns Frauen, die das „heiratsfähige Alter" bereits überschritten hatten, oder aus anderen Gründen allein waren. Diese Womencatcher, wie man diese Männer nannte, führten dann einen Treck aus Frauen, weit in den noch wilden Westen, in die Stadt, wo die Männer warteten. Diese Reisen waren oft gefährlich und unvorhersehbar. Nicht alle Frauen erreichten ihre neue Heimat. Ihre Gräber säumten unseren Weg.

Ich war dreiundzwanzig Jahre alt und galt damit als alte Jungfer, als ich mich unfreiwillig, solch einem Frauentreck anschloss. Dies ist meine Geschichte.

Prolog

„Ich muss hier weg. Unbedingt, ich halte es keinen Tag länger aus." Murmelte ich bitter und hob den schweren Milcheimer auf. Seit die Verlobte meines älteren Bruders auf unsere Ranch gezogen war, gab es fast täglich Streit. Um jedes Teil gab es Auseinandersetzungen. Sei es, wer früh aufstand um die Kühe zu melken, oder wer die Eier einsammelte und sich mit dem aggressiven Hahn anlegte. Beides blieb stets, nach einer Heul-Attacke meiner zukünftigen Schwägerin, an mir hängen. Zum Glück mochte mich der Hahn, Brutus, sehr. Mir würde er nie etwas tun.

Waren diese Arbeiten erledigt, bestand Daniela darauf die Milch und die Eier in die Stadt zu bringen. Denn das Geld dafür steckte sie gerne ein. Der nächste Streitpunkt. Doch in dieser Sache blieb ich stark, denn ich brauchte das Geld dringend. Ich wollte hier weg- Mein dümmlicher Bruder liebte seine Verlobte und sah ihre Schwächen nicht. Er würde das Weib heiraten, das stand fest. Doch bis dahin wollte ich weg sein. Sollte Markus den wahren Charakter seiner zukünftigen Frau ruhig kennenlernen. Ich war dann fort und bekam es nicht mehr mit.

Doch es gab ein Problem. Die Ranch gehörte uns beiden zu gleichen Teilen. Auszahlen konnte Markus mich nicht, dafür war der Gewinn der Felder zu gering. Markus ging davon aus, dass ich für immer hier leben würde. Immerhin war ich bereits dreiundzwanzig Jahre alt, ohne geheiratet zu haben. Doch bislang hatte ich noch keinen Mann kennengelernt, der mich interessierte. Und nur heiraten, um versorgt zu sein, fiel mir nicht ein. Ich war Lehrerin und verdiente mein eigenes Geld, welches ich eisern sparte.

Das war auch Daniela nicht entgangen. Heute Morgen war mein Zimmer durchwühlt gewesen. Jemand hatte meine Ersparnisse gesucht, da war ich mir sicher. Das war bestimmt meine zukünftige Schwägerin gewesen, doch beweisen konnte ich es nicht. Markus würde mir nie glauben, dazu war der Mann blind vor Liebe, dachte ich bitter. Merkwürdigerweise war Daniela heute Morgen bereits wach gewesen. Beim gemeinsamen Kaffeetrinken, etwas das ich bislang immer mit Markus genossen hatte, verlangte sie plötzlich, dass ich mein Gehalt als Lehrerin, abgeben sollte. Dass das Geld in den Lebensunterhalt hier fließen sollte. Das wäre nur gerecht, da ich diese Zeit ja nicht auf der Ranch arbeitete. Während der Schulzeit musste Markus eine Aushilfe beschäftigen, deren Gehalt sollte ich übernehmen. Markus war natürlich Danielas Meinung. Zu groß war seine Angst, Daniela würde ihn verlassen. Anstatt der Frau Anweisungen zu geben, mehr mitzuhelfen, sollte ich dafür bezahlen. Nein, sie würde keinen Cent von mir sehen, schwor ich mir. Zum Glück hatte ich mein Geld gut versteckt. Niemand würde es finden, dachte ich zufrieden.

Ich stellte die volle Milchkanne auf das Fuhrwerk und wandte mich zum Haus. Ich brauchte noch meinen Mantel und meine Bücher. „Ich wette, deine Schwester hat ihr Geld im Hühnerstall versteckt, Markus. Sie ist die Einzige, die der verrückte Hahn nicht attackiert. Wir brauchen das Geld, Geliebter. Ich will die neue Kutsche, die hast du mir versprochen. Ich heirate dich erst, wenn ich in der neuen zur Kirche fahren kann," Hörte ich Danielas Stimme durch die Tür sagen. „ Du musst den Hahn umbringen. Dann kann ich den Hühnerstall durchsuchen." Sagte sie weiter. Die Frau war klug, dachte ich besorgt, ich musste mein Geld in Sicherheit bringen. Mein Geld und den verrückten Hahn.

„Ist gut, Liebling. Ich werde den Hahn heute Vormittag schlachten. Dann ist Luise in der Schule. Ich werde Luise erzählen, das Vieh hätte dich erneut angegriffen. Das Geld ist aber nur geliehen, wir zahlen Luise jeden Cent zurück." Sagte Markus typisch ruhig und nachgiebig. „Natürlich, Geliebter, Natürlich bekommt deine Schwester jeden Cent zurück. Es wäre alles so einfach. Wäre Luise so nett wie du. Doch mit ihrem streitbaren Charakter ist es kein Wunder, dass sie eine alter Jungfer wurde. Sie sollte sich ein Beispiel an mir nehmen, Der Nachbar ist seit kurzem Witwer. Mit fünf Kindern. Du solltest deine Schwester zwingen, den Mann zu heiraten. Sprich ein Machtwort." Sagte Daniela weiter. „Ich werde es mit Luise besprechen." Sagte Markus wieder heiser. Ich hatte genug gehört. Schnell schnappte ich meine Bücher und rannte aus dem Haus. Eins war mir klar geworden. Ich musste hier weg.

1 Kapitel

„Kennenlernen"

„Gib Ruhe, Brutus. Es musste sein. Oder du wärst im Ofen gelandet!" Schimpfte ich den imposanten Hahn in der Kiste hinter mir an. Beleidigt gackerte das Tier weiter. In letzter Sekunde hatte ich den Hahn in eine Kiste gesperrt und auf das Fuhrwerk gewuchtet. Markus hatte bereits die Axt geschärft. Ich hatte meine Ersparnisse aus dem Versteck geholt und den Hahn von seinen Hennen entführt. Heute konnte Brutus seine Damen nicht besteigen, dachte ich schief grinsend. Bestimmt hatte Markus das Fehlen des riesigen Hahns bereits bemerkt und war auf der Suche nach Brutus. Ein Gutes hatte das. Solange Markus den Hahn nicht fand, traute sich Daniela nicht aus dem Haus. Der Hahn hasste die Frau und verfolgte sie, wenn er sie auch nur sah. Allein das rechtfertigte seine Lebensrettung, dachte ich zufrieden. Das Tier hatte eine sehr gute Menschenkenntnis.

Mein Weg führte mich heute Morgen nicht direkt zum Schulhaus. Ich musste die Milch und die Eier abgeben. Außerdem wollte ich den Mann sprechen, der seit einer Woche bei der Kauffrau wohnte. Der Mann musste mir helfen. Seine großen Plakate klebten in der gesamten Gegend, nicht zu übersehen. Jeder hatte sie gesehen und lachend gelesen. Auch ich war zuerst amüsiert gewesen, doch jetzt erhoffte ich mir Hilfe von dem Mann. Ich hielt das Fuhrwerk und las eines dieser Plakate genauer.

„Geehrte Ladys"

Sind sie auf der Suche nach einem Ehemann? Und wurden bislang nicht fündig? Das ist bei der Anzahl an hübschen, jungen Damen hier auch schwierig.

Wir sind fünfunddreißig Männer, die weit im Westen eine neue Siedlung errichtet haben. Alles ehrliche, hart arbeitende Männer. Farmer, Rancher, Kaufleute. Was uns fehlt, sind sie, meine Damen. Wir alle wünschen uns eine Partnerin. Eine tapfere, fleißige Frau, die Seite an Seite mit uns arbeitet. Die das Land mit Leben füllt. Deswegen stellen wir einen Treck zusammen. Wir suchen vierzig junge Frauen, die abenteuerlustig und mutig sind. Folgen sie uns ins noch wilde, ursprüngliche Land und finden ihr Glück. Nur Mut, meine Damen. Es wird ihr Leben verändern. Melden sie sich.

„Ihr Spencer Tracy"

Trotz des Spottes und der Witze darüber, hatten sich fünfzehn Frauen aus unserer Gegend gemeldet, dachte ich zufrieden. Dieser Mister Tracy verfügte über eine gesunde Überredungskraft, so sagte man. Er wickelte die Frauen mit seinem Charme ein und schilderte die Zukunft in goldenen Farben. Nun, das würde er bei mir nicht brauchen. Ich war bereit zu gehen. Je eher, desto besser, dachte ich wieder und erinnerte mich an das belauschte Gespräch heute Morgen. Als hätte Brutus meine Gedanken erraten, krähte er jetzt laut. Das bescherte mir neugierige Blicke der Stadtbewohner. Hastig hielt ich das Fuhrwerk an und warf eine alte Decke über die Holzkiste. Mit hochrotem Gesicht fuhr ich weiter. Mary, die Tochter der Kauffrau, kam aus dem Laden als ich das Fuhrwerk anhielt. „Sag in der Schule Bescheid, dass ich etwas später komme. Ich habe noch zu tun." Befahl ich dem vorwitzigen Mädchen streng. Da ihrer Mutter das größte Geschäft in der Stadt gehörte, machte das Mädchen eingebildet. Mehr als einmal hatte sie mir Widerworte gegeben. So auch heute. „Guten Morgen, Miss Carter. Mister Tracy sitzt mit Mama beim Frühstück. Im Haupthaus. Falls sie den Mann sprechen wollen. Mama sagt, dass sie kommen würden. Dreiundzwanzig Jahre alt und keinen Mann. Nicht mal einen Verehrer, da stimmt doch was nicht." Sagte das Mädchen frech. Einige Menschen blieben jetzt neugierig stehen. Ihr Blick ging von Mary zu mir. Es juckte mich, ihr die Gerte über den Hintern zu ziehen, doch ich beherrschte mich. Mary wiederholte ja nur die bösartigen Worte ihrer Mutter, dachte ich wütend. Trotzdem beschloss ich, das Mädchen zu ignorieren. Ohne weitere Worte stieg ich vom Fuhrwerk und band es fest. Mit durchgedrücktem Kreuz ging ich zum Haupthaus. Mary hatte nur wiederholt, was die Menschen hier alle dachten, überlegte ich. Das ich zu wählerisch war und deshalb als alte Jungfer enden würde. Dabei sehnte ich mich nach Liebe. Nach wahrer Liebe. An Verehrern hatte es mir nicht gemangelt. Doch keiner war der richtige gewesen. Mit klopfenden Herzen betrat ich das vornehme Stadthaus und rief nach der Kauffrau.

„Wir sind hier in der Küche, Miss Carter. Kommen sie rein. Sie haben sich aber Zeit gelassen, Miss Carter. Der Treck soll bereits morgen starten. Ich habe eigentlich früher mit ihnen gerechnet. Aber lieber spät als zu spät, sage ich immer." Rief die mollige Kauffrau zynisch. „Ich sollte wieder gehen, was will ich eigentlich hier." Murmelte ich verärgert. Ich wandte mich wieder zur Tür, bereit zu gehen. Doch dann dachte ich an Daniela und zögerte. „Wollten sie mich sprechen, Miss Carter? Dann lassen sie uns ins Restaurant gegenüber gehen." Sagte plötzlich eine dunkle Männerstimme hinter mir. Überrascht drehte ich mich herum. Ein riesiger Mann stand jetzt vor mir und neigte grüßend seinen Kopf. Ich kannte den Man. Er saß jeden Morgen vor der Schule, wenn ich dort ankam. Jeden Morgen hatte er freundlich gegrüßt. Mein Herz schlug plötzlich einen Schlag schneller. „Ich, ich muss vorher noch die Milch und die Eier abladen." Stotterte ich untypisch für mich. Der große Mann machte mich nervös. Markus, mein Bruder, war schon groß. Doch dieser Mann überragte ihn noch. Er kam jetzt zu mir und reichte mir seine Hand. Eine starke, große Hand, die das Arbeiten gewohnt war, ging mir durch den Kopf. Zögernd erwiderte ich den Händedruck. „Mein Name ist Spencer Tracy, Miss Carter.

Das Abladen kann der Bursche von Mrs. Meier übernehmen. Der Kerl drückt sich, wo er kann vor der Arbeit." Sagte der Mann mit dunkler Stimme. Nie hörte so etwas Dunkles, dachte ich überrascht. Und ich hatte schon mit vielen Männern gesprochen. Das brachte mein Beruf mit sich. Oft kamen die Väter meiner Schüler in die Schule, um sich nach ihren Kindern zu erkundigen. Spencer Tracy steckte seine Finger in den Mund und pfiff laut. Es schmerzte. Ich musste mir die Ohren zuhalten. Ein verschlafener Jungenkopf kam um die Ecke. Ich kannte den Jungen. Bis letzten Jahr war er noch in meiner Schule. „Entlade das Fuhrwerk von Miss Carter. Und bringe ihr das Geld dafür ins Restaurant. Wir werden dort auf dich warten, Joe." Befahl der Mann ganz natürlich und griff meinen Arm. „Lassen sie uns gehen. Ich habe Durst auf richtigen Kaffee. Nicht auf das dünne Zeug der geizigen Kauffrau." Flüsterte Mister Tracy mir zu. Wie gerufen erschien Mrs. Meier jetzt im Flur. „Kommen sie rein, Luise. Meine Mary wird sie bestimmt gut vertreten. Meine kluge Tochter will auch einmal Lehrerin werden. Habe ich ihnen das schon erzählt, Spencer?"

Fragte die Frau jetzt nervig. Neugierig hielt sie die Küchentür auf. „Klug? Mary? Na danke." Murmelte ich und hörte Mister Tracy unterdrückt lachen. „Nein danke, Mrs. Meier. Ich werde mit Miss Carter ins Restaurant gehen. Sie hat noch nicht gefrühstückt, so sagte sie soeben." Log der Mann frech und schob mich energisch aus dem Haus. „Dann sollte sie sich beeilen Meine Mary ist nicht dafür da, ihre Arbeit zu erledigen, Miss Carter!" Rief Mrs. Meier beleidigt hinter uns her. „Das macht ihre Tochter doch gerne. Die anderen Kinder zu quälen, macht Mary große Freude." Konnte ich mir nicht verkneifen, zurück zu rufen. Mrs. Meier knallte die Haustür laut hinter uns zu. „Sie ärgert sich, dass sie unser Gespräch nicht mithören kann. Keinen neuen Tratsch für ihren Laden." Entschuldigte ich meine unangebrachten Worte bei dem Mann, der seine Hände in den Taschen vergraben, neben mir ging. „Ich weiß. das erste Mal machte ich den Fehler, die Bürotür nicht zu schließen. Am nächsten Tag wussten alle Menschen hier, was ich mit Sally Nelson besprochen habe. Das arme Mädchen." Sagte Mister Tracy jetzt heiser.

Verstehend nickte ich. Ich kannte Sally und verstand, warum sie weggehen wollte. Doch das die Kauffrau es breittrat musste bitter sein. „Sally ist eine anständige, junge Frau. Es ist eine tragische Geschichte mit ihr." Sagte ich schnell.

„Das sehe ich genauso, Miss Carter. Aber schön, dass sie es mir noch einmal bestätigen." Sagte Spencer Tracy und hielt mir die Tür des Restaurants auf. „Sally erwähnte. Dass sie Schulfreundinnen waren. Das wird Sally freuen, dass sie ihre Verteidigung übernommen haben. Sally war die erste Frau, die bei mir unterschrieben hat. Mein Treck ist voll. Ich kann mich nicht beschweren." Sagte Mister Tracy und winkte dem Kellner. Geschockt hob ich meinen Kopf. „Und warum wollen sie sich dann noch mit mir unterhalten?", fragte ich verärgert. War mein Tag nicht schon bescheiden angefangen? Jetzt war mein einziger Ausweg auch noch verloren? Fast kamen mir die Tränen. Verzweifelt suchte ich nach einem Taschentuch. Spencer Tracy reichte mir eine Servierte und schmunzelte leicht. „Kein

Grund für solch aggressiven Ton, Miss Carter. Ich sagte doch nur, dass ich reichlich Frauen gefunden habe, die das Abenteuer wagen wollen. Allerdings erwarte ich, dass zwei oder drei der Damen morgenfrüh nicht erscheinen werden. Mein Bruder, der weiter nördlich dasselbe getan hat, wie ich hier, telegrafierte mir das es ihm so ergangen wäre. Deswegen war er der Auffassung, dass wir ruhig eine oder zwei Frauen mehr mitnehmen sollten. Es wird eine lange Reise, da kann viel passieren. Es wird kein Sonntagsausflug werden." Erklärte der Mann jetzt ernst. Ich nickte verstehend. Er deutete an, dass es einige der Frauen nicht schaffen könnten. „Ich möchte etwas über sie erfahren, Miss Carter. Leben sie schon immer hier? Was können sie. Außer unterrichten, meine ich. Und warum sind sie noch nicht verheiratet? Ich meine, sie sind doch sehr ansehnlich. Wenn sie mir diese Bemerkung erlauben." Sagte Mister Tracy jetzt und zog einen Notizblock aus seiner Tasche. Unsicher biss ich mir jetzt auf die Lippen. Das waren sehr intime Fragen, dachte ich nervös. „Verstehen sie mich richtig, Miss Carter. Die Männer, in deren Auftrag ich unterwegs bin, haben alle eine ungefähre Vorstellung von ihrer Zukünftigen. Ich muss wissen, ob sie denen entsprechen. Was bringt es ihnen, wenn sie unterrichten können, aber von allem anderen keine Ahnung haben. Sie wären im tiefsten Westen verloren. Die Männer dort brauchen Frauen, die arbeiten können." Sagte Mister Tracy erneut. Ich holte tief Luft. Wollte mich der Mann beleidigen? „Ich wurde als viertes Kind auf einer Ranch geboren, Mister Tracy. Meine zwei Geschwister starben mit meiner Mutter an den Pocken! Da war ich elf. Seitdem führte ich den Haushalt und das Hofgeschehen. Melken, Hühner und so weiter. Das bedeutete, jeden Tag um vier Uhr aufstehen. Um alles zu erledigen, bevor ich zur Schule durfte. Als ich gerade sechszehn wurde, verstarb mein Vater, das Herz versagte. Seitdem lebe ich mit meinen Bruder allein. Doch jetzt will er heiraten und ich werde überflüssig. Drei sind einer zu viel, so sagt man doch. Und geheiratet habe ich nicht, weil ich noch keinen Mann fand, der mich akzeptiert, wie ich bin. Verbiegen werde ich mich für keinen Mann." Sagte ich finster und erhob mich. Mister Tracy lächelte geheimnisvoll, fast versprechend. Das machte mich wütend. Da hatte er mich die ganze Woche beobachtet, nur um sich jetzt zum Schluss über mich lustig zu machen? Ich wartete auf eine Antwort von ihm. Doch der Mann schwieg.

 Es war ein Fehler gewesen, das hier als Lösung anzusehen, dachte ich jetzt. „Da sie sowieso morgen aufbrechen wollen, ist es mir alles zu kurzfristig, ich verzichte. Leben sie wohl und gute Reise, Mister Tracy. Meine Schüler warten." Sagte ich etwas leise und ließ den Mann zurück. Mit hocherhobenem Kopf verließ ich Restaurant. Ich spürte den intensiven Blick des Mannes auf meinem Rücken.

2 Kapitel

„Entscheidung"

Lautes Geschrei und Krähen, gefolgt von derben Flüchen, erwartete mich, als ich wieder zu meinem Wagen kam. Brutus war frei und saß auf den Treppenstufen zum Laden. Er hackte fröhlich nach den Beinen und Armen der Kunden, die das Geschäft betreten wollten. Mit einem derben Fluch versuchte Mrs. Meier den großen Hahn zu vertreiben. Mit einem Besen schlug sie meinen Freund. Doch Brutus schnappte danach und ein Zweikampf entbrannte. Die Frau zog am Besen, Brutus hielt dagegen. Ich rannte so schnell ich konnte, nicht, das einer der umstehenden Männer Brutus erschoss. „Lass den Besen los, du Ausgeburt der Hölle!" Schrie Mrs. Meier jetzt wütend. Sie schlug jetzt mit der Hand nach dem Tier. Ein Fehler, denn schon spürte sie seine scharfen Krallen. Dann sah Brutus mich. Er ließ den Besen los und flatterte mir in die Arme. Doch Mrs. Meier verlor dadurch das Gleichgewicht, stolperte und flog kopfüber in die Pferdetränke. Das sah zu komisch aus. Unter dem brüllenden Lachen der Zuschauer, sperrte ich den Hahn wieder in seine Kiste. Joe kam zu mir als ich mit hochrotem Kopf auf den Kutschbock kletterte. „Entschuldigen sie, Miss Carter. Ich habe die Eier und die

Milch abgeladen und sah den Hahn. Das wurde ich neugierig." Entschuldigte er sich hastig. „Das wird ein Nachspiel haben, Luise Carter! Ich lasse mich doch nicht zum Gespött der Leute machen!" Schrie Mrs. Meier und ließ sich von Spencer Tracy aus der Tränke helfen. Unter dem Gelächter der umstehenden Menschen kletterte sie aus dem Trog. „Ich verlange den Hahn! Geschlachtet als Sonntagsbraten! Ich werde es deinem Bruder befehlen. Sonst ist es aus mit seinem Kredit bei mir. Dann kann Markus alle teuren Geschenke zurückbringen. Wenn seine Verlobte sie wieder hergibt." Schrie die aufgebrachte Frau weiter.

Markus hatte Schulden bei der Frau? Geschockt schwieg ich schnalzte. Das Pferd setzte sich in Bewegung. Ich musste endlich mit dem Unterricht beginnen, es wurde höchste Zeit. Mein Bruder hatte sich verschuldet. Vielleicht erklärte das sein merkwürdiges Verhalten in der letzten Zeit. Das war vielleicht der Grund, warum er seine Verlobte nach meinen Ersparnissen suchen ließ. Ich griff nach der Tasche, die ich sicher versteckt unter meinem weiten Rock trug. Alles noch da, dachte ich erleichtert. Es war eine Menge Geld, die ich in den letzten Jahren sparen konnte. Ich hatte auf neue Kleider verzichtet und mir Mamas Garderobe geändert. Darin war sehr geschickt. Und Markus hatte nie etwas gefordert, froh, dass ich ihn nicht nach Geld fragte. Denn viel Gewinn warf die Ranch nicht ab, das wusste ich. Wir kamen aber über die Runden, das reichte uns. Bis Markus über Daniela stolpern musste, dachte ich wieder wütend. Als hätte der Hahn mich verstanden, krähte er jetzt laut. „Halte deinen Schnabel, Brutus. Wegen dir habe weiteren Ärger am Hals. Jetzt will nicht nur Daniela deinen Kopf, sondern die Kauffrau auch noch. Du hast bald mehr Feinde als Billy the Kid." Schimpfte ich.

Meine Schüler erwarteten mich vor dem Schulhaus. Das wunderte mich. Kevin, der älteste der Kinder kam und nahm mir das Fuhrwerk ab. „Es ist wegen Mary Meier, Miss Carter. Sie sitzt drinnen auf ihrem Stuhl und macht uns Vorschriften. Wie eine Königin mit ihrem Volk. Da sind wir alle geflüchtet. Es war nicht zum Aushalten." Sagte der Junge entschuldigend. Verstehend nickte ich. „Erst die Mutter, jetzt die Tochter. Was für ein Tag." Murmelte ich. „Na dann. Auf in den Kampf." Sagte ich und krempelte meine Arme auf.

Brutus saß beleidigt in seiner Kiste als ich die Schule endlich schloss. Nach einem heftigen Streit mit Mary, konnte der Unterricht endlich beginnen. Zum Glück waren in einer Woche Ferien. Dann konnte ich mir konkrete Gedanken über meine Zukunft machen, dachte ich.

„Guten Tag, Miss Carter. Ich habe auf sie gewartet. Unser Gespräch heute Morgen war sehr interessant. Und ich hatte recht mit meiner Annahme. Zwei Frauen werden morgen nicht mitfahren. Es ist also etwas frei geworden. Ich hätte sie gerne dabei. Sie scheinen sehr selbstbewusst und energisch zu sein. Die geborene Anführerin der Frauen. So etwas brauchen mein Bruder und ich. Viele der Frauen trauen sich nicht, mit einem Mann über ihre Probleme zu sprechen."

Sagte Mister Tracy und zauberte eine Handvoll Körner aus seiner Tasche. Geschickt öffnete er die Kiste und legte Brutus das leckere Futter vor den Schnabel. Sofort wollte der Hahn wieder hacken. Doch blitzschnell griff der Mann den Vogel und hielt ihm den Schnabel zu. So etwas hatte ich noch nie gesehen. „Freund oder Feind, es ist deine Entscheidung, Junge." Sagte Mister Tracy ernst und ließ Brutus aus seiner Gefangenschaft. Der Hahn drehte seinen Kopf hin und her. So als würde er überlegen. Dann begann er, die Körner zu picken. Verblüfft sah ich zu. Dann räusperte ich mich. Danke, aber nein danke. Ich bin nicht bekannt dafür, meine Meinung zu ändern. Und ihre Abreise morgen ist mir zu kurzfristig. Ich werde mich ihnen nicht anschließen. Guten Abend, Mister Tracy." Sagte ich dann mit kratziger Stimme. Der Mann lachte, so als wüsste er etwas, dass mir entgangen war. Mit einem Nicken hob er mich mit Leichtigkeit auf den Kutschbock. „Ich denke, wir werden uns wiedersehen, Miss Carter." Sagte er dann und ging leise pfeifend davon. Nachdenklich sah ihm hinterher.

Die gesamte Heimfahrt über, grübelte ich, was der letzte Satz von Mister Tracy bedeuten sollte. Warum sollte ich den Mann wiedersehen? Wenn ich morgenfrüh in der Stadt eintraf, war der Treck bereits gestartet, überlegte ich. Solche Karawanen fuhren in der Regel bereits mit dem Sonnenaufgang los. Da schlief ich noch. Denn ich hatte beschlossen, dass meine zukünftige Schwägerin endlich mal ihre Pflichten nachkommen sollte. Ich tat es jetzt seit zwölf Jahren. Seit dem Tod meiner Mutter. Ich war damals nicht gefragt oder darum gebeten worden. Vater hatte es bestimmt und sein Wort war Gesetz gewesen. Weder Markus noch ich wagten, dem Mann zu widersprechen. Vielleicht war deswegen so ein Waschlappen aus meinem Bruder geworden. Egal, Zeit, dass Daniela endlich das harte Leben kennenlernte. Diesmal würden ihre Krokodilstränen nicht wirken. Wieder musste ich an die Worte dieses großen Mannes denken. Wie kam er darauf, dass wir uns wiedersahen? Diese Frage beschäftigte mich stark.

Brutus krähte laut, als ich zum Ranch Haus kam. Kein Wunder, denn seine Hennen liefen frei über den Innenhof. Ein gefundenes Fressen für den Fuchs oder Schakal.

Der Hühnerstall stand weit offen und sah durchwühlt aus. Daniela hatte also ihren Worten Taten folgen lassen und nach meinen Ersparnissen gesucht. Hätte ich sie heute Morgen nicht zufällig belauscht, wäre Brutus jetzt tot und ich wäre beraubt, dachte ich erschüttert. Mein ganzes Geld wäre weg. Ich musste wieder an die Worte der Kauffrau denken. Mein Bruder musste verzweifelt sein, wenn er so etwas zuließ, dachte ich bitter. Frustriert hielt ich das Fuhrwerk und betrat das schmutzige Haus. Daniela hatte nichts gemacht. Nicht einmal den Frühstückstisch hatte die Frau abgeräumt. Die Butter war zerlaufen und die Milch war in der Kanne geronnen. Angewidert ging ich in die Wohnstube. Dort stapelte sich die dreckige Wäsche. Die sollte die Frau heute eigentlich waschen, fiel mir ein.

„Wir brauchen dein Geld, Luise. Sonst nehmen sie uns die Ranch weg." Sagte Markus und schloss die Tür hinter sich. Um meine Flucht zu verhindern, dachte ich plötzlich besorgt. War ich den beiden in die Falle gegangen? „Wie meinst du das, Markus? Ich dachte, es steht gut um die Ranch." Sagte ich zögernd. Mein Blick ging zu Daniela, die jetzt die Wohnstube betrat. „Im Wagen und den Schulsachen ist nichts. Sie muss das Geld bei sich tragen." Sagte die Frau dreckig grinsend.

„Bitte, Luise. Die Kauffrau war heute Mittag hier und berichtete uns von dem Vorfall mit dem Hahn. Sie war so wütend, dass sie auf sofortige Bezahlung unserer Schulden besteht. In drei Tagen will sie ihr Geld. Oder sie sendet den Sheriff und den Richter. Dann nehmen sie uns die Ranch weg. Ich brauche das Geld. Gib es uns freiwillig." Sagte Markus ganz der labile Mann. Mit ihm allein würde ich fertigwerden. Doch seine Verlobte machte mir Angst, dachte ich. Daniela war bereit, handgreiflich zu werden. Und richtig. „Reden kannst du, das stimmt. Doch das bringt nichts, Liebling. Freiwillig wird deine Schwester nichts geben. Lieber schließt sie sich diesem lächerlichen Frauentreck an. Luise will flüchten. Das hat Mrs. Meier heute erzählt, als ich in der Stadt war." Daniela lachte wissend. „Dafür hattest du Zeit? In die Stadt fahren konntest du? Aber hier aufräumen, oder das Vieh füttern, konntest du nicht?" Fragte ich und hoffte, mein Bruder würde endlich aufwachen und nachdenken. Angewidert sah ich mich in der dreckigen Stube um. Markus sah sich ebenfalls um. „Da hast du recht, Luise. Du hast versprochen, hier aufzuräumen, Daniela." Sagte er ernst. „Lass dich nicht verwirren, Liebling. Das will deine Schwester nur. Wir waren uns einig, dass wir ihr Geld brauchen. Sie trägt es bestimmt bei sich. Hole es dir. Damit können wir die Schulden bezahlen und die neue Kutsche bestellen. Sei endlich mal ein richtiger Mann. Was will deine Schwester mit dem ganzen Geld. So geizig, wie sie ist, muss es eine große Summe sein." Stachelte Daniela meinem Bruder an. Sie wusste, wie man mit Markus reden musste. Seine Ehre anzugreifen, half immer.

„Daniela hat recht, Luise. Wir brauchen das Geld dringend. Gib es uns, freiwillig, bitte." Sagte er drohend und kam gewaltbereit auf mich zu. Er packte mich am Arm als ich flüchten wollte.

„Das reicht, Markus Carter. Lassen sie augenblicklich Luise los!" Donnerte jetzt eine dunkle Stimme von der Tür her. Alle Köpfe flogen herum. Dort stand Spencer Tracy und ballte seine Hände zu Fäusten. Er kam zu mir und schob mich beschützend hinter sich. „Ich sagte doch, dass wir uns wiedersehen, oder, Luise?" Fragte er mich leise. „Habe ich zu viel versprochen?"

3 Kapitel

„Rettung"

„Was wollen sie hier? Das ist eine Familienangelegenheit, Mister!" Schnauzte jetzt Markus, der sich von seinem Schock erholt hatte. Mister Tracy verschränkte seine Arme. Er wusste, wie bedrohlich er dadurch aussah. Seine Größe erledigte den Rest, dachte ich jetzt wieder beruhigt. Markus würde nicht wagen, mich zu berauben. Nicht mit so einem Beschützer. „Familie, gutes Stichwort. Ich habe mich entschlossen, Luise zu heiraten. Also gehöre ich dazu. Und niemand klaut meiner Zukünftigen ihre Mitgift und Aussteuer." Sagte Spencer Tracy ruhig, fast lachend über die geschockten Gesichter, die wir anderen machten. „Packe deine Sachen, Luise. Ich habe das Fuhrwerk bereits fertig gemacht, bevor ich euch hier störte. Ich habe die beiden Stuten genommen. Das ist Luises Anteil an der Ranch. Auch, wenn ihr mehr zusteht, Markus Carter." Erklärte der Mann weiter und wandte sich zu mir. „Ich kam her, um mit dir darüber zu reden. Ich habe eine hübsche kleine Ranch im Westen. Für alle meine Freunde habe ich eine Frau. Nur mich habe ich vergessen. Doch das hat sich jetzt erledigt. Packe alles ein, was dir wichtig ist. Hierher kommt du nicht wieder her." Sagte

Mister Tracy schmunzelnd. „Entweder meine Reise oder deine brutale Familie." Flüsterte er mir zu als ich zögerte. Endlich nickte ich und ging in mein Zimmer. Hier war wieder alles durchwühlt worden. Daniela hatte ganze Arbeit geleistet. Verzweifelt warf ich meine Kleidung in zwei Reisetaschen und nahm mein Bettzeug. Da ich im Fuhrwerk schlafen würde, brauchte ich das bestimmt. Mit tränennassen Augen, trug ich alles in das Fuhrwerk. Dann ging ich wieder ins Wohnzimmer und öffnete das Geheimfach des Schrankes. Dort entnahm ich Mutters Schmuck. „Da war der Schmuck. Der gehört mir! Ich werde die nächste Mrs. Carter!" Schrie jetzt Daniela auf. „Und Luise ist die einzige Tochter. Der Schmuck gehört ihr!" Donnerte jetzt Mister Tracy so laut, dass ich mir die Ohren zuhielt. „Sie und ihr Waschlappen von Verlobtem behalten die Ranch. Wenn auch nicht mehr lange, wenn ich Mrs. Meier richtig verstanden habe!" Seine Worte waren sehr hart, dachte ich und wollte aufbegehren. „Vergiss nicht, dass dein Bruder dir wehtun wollte, bevor ich eintrat, Luise. Und nun komm. Du musst mir helfen, deinen verrückten Hahn einzufangen. Ich habe Angst vor dem Tier. Und das sage ich." Sagte er etwas leiser. Damit schob er mich aus dem Haus.

„Ich hatte befürchtet, dass es so kommen würde. Daniela war heute in der Stadt und hat wieder auf Kredit eingekauft. Sie hat Mrs. Meier versprochen, morgen alles zu zahlen. Daraufhin hat die Frau verraten, dass du mit mir gesprochen hast. Da brach Daniela in Panik aus. Ich bin die vorsichtshalber gefolgt, das war gut so." Erklärte Mister Tracy fluchend. Ich musste das Fuhrwerk lenken, denn er verarztete seine Hand. Brutus hatte den Mann mit seinen Krallen erwischt, als er ihn einsperren wollte. Es war ein harter Kampf gewesen, der erst endete, als ich Brutus Lieblings- Henne in den Käfig setzte. Da flog der Hahn freiwillig hinein. Verstehend nickte ich. „Aber warum haben sie behauptet, mich heiraten zu wollen? Das ergibt keinen Sinn. Es findet sich bestimmt ein anderer Mann, der eine tüchtige Frau brauchen kann." Sagte ich nachdenklich.

„Als meine Verlobte genießt du eine besondere Stellung. Du bist klug und kannst arbeiten. Zusammen mit meinem Bruder und mir , wirst du den Treck anführen. Samuel und ich kümmern uns um die Strecke und die Wagen. Du kümmerst dich um die Frauen. Die haben bestimmt Anliegen, die wir Männer nicht verstehen." Erklärte der Mann jetzt ernst. Ich nickte verstehend. „Sie sprechen von Sallys Schwangerschaft, richtig? Wenn die Reise wirklich knapp zwei Monate dauert, wird das Kind unterwegs geboren werden." Sagte ich besorgt. „Du weißt davon? Sally hat es mir anvertraut. Ihr Verlobter starb beim letzten Hochwasser, so sagte sie. Bevor sie heiraten konnten. Das Aufgebot war schon bestellt." Sagte Mister Tracy wieder leise fluchend. „Das Leben ist ungerecht". Murmelte ich und senkte meinen Kopf. Endlich gestattete ich es mir, zu weinen. Mister Tracy ließ mich in Ruhe und schwieg. Er reichte mir ein Tuch und übernahm die Zügel.

„Mein Bruder und ich haben eine gutgehende Ranch. Dort könnte ich eine fleißige Ehefrau brauchen. Wer weiß, wir haben mindestens sechs Wochen, um uns näher kennenzulernen. So übel bin ich nicht. Lass dich von meiner Größe nicht einschüchtern, Luise. Manche Frauen stehen auf große Männer." Scherzte er jetzt und lächelte verschmitzt. Der Kerl wusste ganz genau, wie gut er aussah, dachte ich still. Doch es zeigte Wirkung, meine Tränen versiegten. „So ist es besser. Es werden während der Reise noch genug Tränen fließen. Sei lieber froh, dass du da weggekommen bist. Du warst doch nur eine unbezahlte Arbeitskraft dort. Morgen startet dein großes Abenteuer. Und du hast an dein Bettzeug gedacht, sehr klug. Daran, dass wir ja unterwegs übernachten müssen, haben die wenigsten Frauen nachgedacht. Sie glaubten allen Ernstes, dass überall ein Hotel auf uns wartet." Erzählte Mister Tracy weiter, um mich vom Weinen abzuhalten. Es funktionierte.

„Wie alt sind die Frauen denn so? sind sie alle in meinem Alter?" Fragte ich jetzt interessiert. Ich hatte mich entschlossen, nach vorn zu sehen. Meinen dämlichen Bruder zu vergessen. Er hatte mich heute mit seinem brutalen Verhalten zu sehr an unserem Vater erinnert. Meine Zukunft lag in wilden Westen, dachte ich. Zum Glück hatte ich gelernt, nicht lange zu trauern. Nach dem Tod meiner Mutter musste ich schlagartig erwachsen werden, erinnerte ich mich. Von einem Tag auf den anderen, war ich die Frau im Haus.

Spencer Tracy hielt jetzt das Fuhrwerk und zeigte auf vier weitere Planwagen. „Das sind die ersten Frauen. Die Älteste ist Karen. Sie ist dreiunddreißig Jahre alt. Ehemalige Barfrau, Kauffrau, Witwe. Karen hat eine Menge Lebenserfahrung. Die jüngste ist siebzehn. Eine von zehn Töchtern im Haus. Wendy versucht, im wilden Westen ihr Glück. Ich würde dir Wendy anvertrauen und in deinem Fuhrwerk einquartieren. Sie hat kein eigenes. Kein Wunder bei so viel Kindern." Sagte Mister Tracy schmunzelnd. Verstehend nickte ich nur. Der Mann hatte bereits alles geplant, ging mir durch den Kopf. Nun, er trug ab Morgen die Verantwortung für fünfzehn, nein sechszehn Frauen, ging mir durch den Kopf. „Sind sie und ihr Bruder unseren einzigen männlichen Beschützer? Das scheint mir etwas dürftig für ca. dreißig Frauen. Dann kann ich nur hoffen, dass sehr viele der Frauen Erfahrung mit Gewehren haben. Ich habe sie,, falls es sie interessiert." Sagte ich jetzt ernst. Mir war nicht wohl bei dem Gedanken, diese lange Strecke nur mit den Brüdern zu fahren. Mister Tracy führte mich zu Wagen, in denen jetzt Leben erwachte. Sechs unterschiedliche Frauenköpfe wurden sichtbar. „Guten Abend, Spencer. Jenny hat sich uns bereits angeschlossen. Sie war früher als gedacht hier. Sie wird meine Reisepartnerin, war doch richtig, oder?" Fragte eine vollbusige, rothaarige Frau mittleren Alters. Karen, vermutete ich. Mister Tracy nickte zufrieden und wies auf mich. „Das ist Luise, meine Damen. Sie hat sich in letzter Sekunde unserem Treck angeschlossen. Luise ist meine Verlobte und ab sofort eure Ansprechpartnerin, wenn es Probleme gibt. Sie wird es dann mit mir besprechen." Sagte er laut und streng. Das wunderte mich. Denn ich wollte ein freundschaftliches Verhältnis mit den Frauen aufbauen. Ich hörte zwei der

Frauen seufzen, enttäuscht seufzen. „Sie haben sich verlobt, Mister Spencer?" Fragte eine der Frauen zickig. Mister Tracy antwortete nicht. Er ging, meine Pferde versorgen.

„Du hast es doch gehört, Selma. Also frag nicht so dumm. Schlage dir den Mann aus dem Kopf. Das sage ich dir nicht das erste Mal. Es warten eine Menge netter Kerle auf uns. Denke einmal an sie". Donnerte jetzt diese Karen los. Sie stieg von ihrem Wagen und kam zu mir. „Jede Wette, dass Selma morgen Früh verschwunden ist, wenn wir losfahren. Sie ist nur wegen dem Boss hier. Dachte, sie könnte sich den Mann angeln. Hallo, ich bin Karen" Sagte die sympathische Frau schief grinsend. Sie reichte mir ihre Hand. Eine Hand, die Arbeiten gelernt hatte, dachte ich. Das sah ich sofort. Zufrieden schlug ich ein. Ich hatte meine erste Freundin gefunden.

Mister Tracy kam wieder. Schwer beladen mit belegten Broten. Er trug die Tüten zum Lagerfeuer und pfiff laut. Langsam versammelten sich die Frauen um das Feuer und langten zu. „Das ist heute eine Ausnahme, meine Damen. Ab Morgen werden sie abwechselnd für das Essen sorgen. Luise wird einen Arbeitsplan entwickeln. Immer fünf Frauen sorgen einen Tag für Nahrung. Auch, wenn wir einen Proviantwagen mitnehmen. Ich hoffe doch, dass sie alle einen privaten Vorrat mithaben." Sagte Mister Tracy streng und wartete auf das Nicken der Frauen. Ich zögerte, denn daran hatte ich nicht gedacht. „Ich werde morgen Früh schnell einkaufen." Flüsterte ich Spencer Tracy zu. Er nickte zustimmend. „Auch ich es vermeiden wollte, der Kauffrau noch einmal unter die Augen zu treten." Sagte ich ehrlich. Mister Tracy lachte verstehend. „Dann gehe ich für dich. Das wird besser sein. Ruhiger auf jeden Fall." Flüsterte er zurück. „Ihre Verlobte hat ja Lebendproviant dabei. Sehr vorausschauend, Jeden Tag Eier und einen Hähnchenbraten. Sehr gut." Sagte jetzt diese Selma gehässig.

„Niemand rührt meine Tiere an! Wehe euch, wenn ihr Brutus etwas antut." Fauchte ich wütend. Mister Tracy lachte schallend. „Ganz ruhig, Tigerin. Niemand wird deinem Hahn eine Feder krümmen." Versprach er dann laut, fast drohend in die Runde. Als hätte Brutus es verstanden, krähte er jetzt lautstark. „Da ist jemand am Wagen." Sagte ich erschrocken und sprang auf. Von Mister Tracy gefolgt, rannte ich zum Fuhrwerk. Tatsächlich war der Wagen durchwühlt worden. Jemand hatte etwas bestimmtes gesucht. „Mutters Schmuck," Sagte ich verzweifelt und durchsuchte den Wagen. Keine Spur der kleinen Schachteln. „Alles weg. Das war bestimmt mein Bruder mit Daniela." Flüsterte ich heiser an meinen Tränen schluckend.

„Ganz bestimmt. Aber sie sind mit leeren Händen weg." Flüsterte Mister Tray und zog mich tröstend in seine Arme. „Ich habe mit so etwas gerechnet und den Schmuck in Sicherheit gebracht. Er liegt sicher in meinem Wagen." Sagte er weiter, als ich traurig schwieg. Ich hob meinen Kopf und küsste den Mann dankbar auf die Wange. „Na, das ist doch ein gelungener Anfang. Ich, der Retter in der Not." Scherzte Mister Tracy. Doch ich reagierte nicht darauf, denn ich sah diese Selma davoneilen. Hatte die Frau uns verfolgt?

4 Kapitel

„Aufbruch"

Mister Tracy hatte sein Bettlager vor meinem Wagen aufgeschlagen. Um zu verhindern, dass die „Diebe" erneut ihr Glück versuchen würden. Während der Mann also Wache hielt, weinte ich mich in den Schlaf. Ich verlor meine Heimat. Hier war ich geboren worden und aufgewachsen. Ab morgen würde sich alles ändern. Nichts wäre noch, wie es gewesen war. Das Abenteuer wartete. Doch ich war nie der abenteuerliche Typ gewesen. Ich liebte das Beständige, das planbare. Nichts hasste ich mehr als Überraschungen.

Daran erinnerte ich mich als ich am nächsten Morgen wach wurde. Von Spencer Tracy fehlte jede Spur. Karen meinte, der Mann sei in die Stadt, nach den restlichen Frauen sehen. Es waren warme Tage vorhergesagt worden. Entschlossen lenkte ich meinen Wagen Richtung Fluss. Dort begann ich, die Fässer links und rechts des Fuhrwerks mit frischem Wasser zu füllen.

„Hier finde ich dich! Ich glaubte schon, du hättest es dir anders überlegt. Nach deiner Heulattake gestern Nacht, hätte mich das nicht gewundert." Hörte ich die wütende Stimme von Mister Tracy schimpfen. Er zerrte mich aus dem Fluss und nahm mir den Eimer ab. Während der Mann das letzte Fass füllte, schimpfte er leise weiter. „Was willst du mit so viel Wasser? Wir lagern übermorgen an einem großen See. Da kannst du deine Fässer in aller Ruhe füllen." Sagte er weiter und warf den Eimer auf den Wagen. Dann half er mir aufsteigen. „Du verhinderst unseren Aufbruch. Es sind alle Frauen da und startbereit. Nur du fehlst. Selma meinte, du hättest kalte Füße bekommen. Fast wollte ich ihr glauben, doch Karen meinte, ich solle am Fluss suchen. Zum Glück." Schimpfte er weiter. „Ich kann nicht abhauen, Mister Tracy. Sie haben meinen Schmuck, vergessen?"

Wagte ich zu scherzen. Der Mann seufzte laut. „Das ist nicht lustig, Luise. Ich habe mir wirklich Sorgen gemacht. Und nenne mich endlich beim Vornamen. Immerhin sind wir „Verlobt". Es wäre merkwürdig, wenn du mich weiterhin siezt." Sagte er dann ruhiger. „Sie wollen sich die anderen Frauen vom Hals halten. Das verstehe ich jetzt. Und dafür soll ich ihre Verlobte spielen. Kluger Plan. Auf Selma müssen wir da besonders achten." Erklärte ich und legte demonstrativ meine Hände um Spencer als wir zum Lager fuhren. „Sie hatten recht, Karen. Meine kluge Verlobte war am Fluss, Wasser holen. Jetzt geht unsere Reise los." Rief Spencer und wendete meinen Wagen.

Die erst siebzehnjährige Wendy saß bei mir auf dem Bock. Ein etwas dralles, aber liebenswertes Mädchen. Etwas naiv, ging mir durch den Kopf. „Wir sind zehn Mädchen Zuhause. Alle blond. Wie die Orgelpfeifen. Mutter ist schon wieder schwanger. Diesmal wird es ein Junge, sagt sie. Aber das sagt sie bei jeden neuen Kind. Vater will unbedingt einen Sohn. Jedenfalls platzt unser Haus aus den Nähten. Da bin ich gegangen. Mutter war bereits mit vierzehn verheiratet. Ich bin siebzehn. Mister Tracy sagte, er habe einen netten Mann dort im Westen, der mich mögen wird." Erzählte Wendy. Gegen Mittag kannte ich ihre ganze Lebensgeschichte.

Nun, das ersparte mir wenigstens das Reden, dachte ich gutmütig. Und verhinderte, dass ich traurig wurde. Denn mit jeder Drehung der Räder, entfernte ich mich von meiner Heimat. Ich hatte keine Ahnung, ob ich das alles je wiedersehen würde, überlegte ich schwer schluckend. Gegen Mittag veranlasste Spencer eine kurze Rast, damit wir uns die eine vertreten konnten. Wir hatten ein kleines Wäldchen erreicht, dass sich dafür anbot. „Wir gehen immer in vierer Gruppen. Eine hat das Gewehr im Anschlag. Wer von euch kann damit umgehen?" fragte ich befehlend. Sechs Frauen meldeten sich. „Sie spielt sich mächtig auf, Mister Spencer. Was soll uns hier denn passieren?" meldete sich Selma zu Wort. Vereinzelt stimmten die Frauen zu. Auch Spencer sah mich unsicher an. Zeit, mich durchzusetzen. „Wir haben in letzter Zeit Probleme mit Wölfen. Eine Horde treibt hier sein Unwesen. Es wurden sogar große Rinder gerissen. Ich will nur sichergehen. Das Wäldchen wäre ein gutes Versteck für die Tiere. Wenn wir sie aufschrecken, kann es gefährlich werden." Erklärte ich mein Verhalten. Ich sah die Frauen zusammenzucken. Spencer reichte uns die Gewehre und endlich folgten uns die Frauen. Spencer verschwand in den Wald, um die hintere Seite zu sichern. Ich überwachte die andere Seite. Eine Frau nach der anderen, erleichterte sich und endlich konnten wir zurück zu unseren Wagen gehen.

Mister Spencer hielt mich etwas zurück. „Ich bin froh, dich dabei zu haben. Danke, Luise. Danke, dass du so klug bist. Ich habe die Wölfe gesehen. Sie haben ihr Lager wirklich dort im Wäldchen. Zum Glück haben die Tiere geschlafen." Erklärte er mir leise. Ich nickte zustimmend. „Ich habe die Spuren gesehen, Spencer. Und es gerochen. Mein Vater hat mich oft mit auf die Jagd genommen. Da habe ich schießen gelernt. Wir sollten heute Nacht Wachen aufstellen. Und das Lagerfeuer nicht löschen. Das Feuer scheuen die Wölfe. Ich möchte wetten, dass wir heute Nacht Besuch bekommen. Wir hinterlassen eine interessante Geruchsspur." Sagte ich nachdenklich. Spencer zog mich an sich und küsste meinen Haaransatz. Verlegen wurde ich rot. Das ließ Spencer lächeln. „Habe ich schon gesagt, dass es eine gute Entscheidung war, dich mitzunehmen, Luise?" Fragte er dann schmunzelnd. Mit hochrotem Gesicht schwieg ich. Immerhin wurden wir von den anderen Frauen beobachtet. Einige lachten, andere grinsten, doch Selma sah mich hasserfüllt an.

„Die Wölfe sind dort draußen. Ich kann sie spüren." Flüsterte ich und zog mir die Jacke enger um die Schultern. Neben mir ging Spencer. Auch er nickte jetzt stumm. Er machte sich Sorgen. Deshalb begleitete er mich jetzt auf meiner Runde. Es dämmerte und der Mann wusste, das war die Zeit, da die Wölfe gerne angriffen. Das war die Zeit, da die Müdigkeit am größten war. Das nutzten die schlauen Tiere aus. Spencer blieb jetzt stehen und hob den Kopf. „Etwa zehn Tiere. Der Leitwolf wird abwarten und die jungen Tiere vorausschicken. Das machen sie immer so. Wenn wir Erfolg haben wollen, müssen wir das Leittier erwischen." Erklärte er mir dann leise. „Ich habe Zuhause öfter mit diesen Räubern zu tun. Sie bedienen sich lieber an meinem Vieh, statt zu jagen. Würden sie sich ein oder zwei Tiere holen, wäre es ja in Ordnung. Aber die Wölfe verfallen in eine Art Blutrausch und töten alles um sich herum. Das ist schrecklich. Das wird hier nicht anders werden. Wir müssen aufpassen." Sagte er weiter. Wir waren vor Karens Wagen stehengeblieben. Laute Schnarch Geräusche, entlockten uns leises Lachen. „Ich kann nur hoffen, dass Karens Zukünftiger schwerhörig ist. Das jagt sogar die Wölfe in die Flucht." Scherzte Spencer dunkel. Der Mann wollte mich aufmuntern, das wusste ich natürlich. „Ich habe große Angst, Spencer. Was, wenn die Wölfe uns überrennen?" Fragte Ich heiser. „Das wichtigste ist, Ruhe zu bewahren, Luise. Und immer das Leittier im Auge haben. Wenn wir das Erschießen, geben die anderen auf. Das Leittier erteilt die Befehle, ohne die sind die anderen machtlos." Erklärte Spencer mir wieder geduldig. Keine Ahnung, woher der Mann diesen Langmut nahm. „Ich kann zwar schießen und ganz gut treffen, aber ich habe noch nie auf etwas lebendiges geschossen." Gestand ich jetzt leise. Spencer nahm meine Hand, um mir über eine Deichsel zu helfen. „Wenn alle Stricke reißen, legen wir Karen zu den Wölfen. Mit ihrem Schnarchen verscheucht sie die Tiere bestimmt." Scherzte er jetzt.

Jemand schlug jetzt die Glocke. Das Lagerfeuer flammte auf. „Die Pferde! Die Wölfe sind bei den Pferden!" Schrie eine aufgeregte Frauenstimme durch das Lager. Spencer griff meine Hand und zerrte mich zum provisorischen Gatter. Dort sah ich, dass unsere Pferde von zwei riesigen Wölfen gejagt wurden. Spencer legte sein Gewehr an. „Verdammt, ich kann nicht schießen, ich könnte die Pferde treffen." Fluchte er verzweifelt. „Öffne das Gatter. Dann können die Pferde fliehen." Befahl er mir. Ich schüttelte den Kopf und wies in die Dunkelheit. „Darauf wartet das restliche Rudel nur, Spencer. Dort draußen sind die Pferde leichte Beute." Schrie ich zurück. Ich schnappte mir ein Seil und knotete eine Schlinge. Ich zielte und warf. Ich fing einen der Wölfe im Sprung. Laut jaulend fiel das Tier hart auf dem Boden auf. „Wahnsinn, Lady!" Schrie Spencer und legte erneut an. Mit einem gezielten Schuss erledigte er den anderen Wolf. Die Pferde beruhigten sich endlich wieder. Spencer stieg in das Gatter und erschoss auch den zweiten Wolf. Ich wandte mich angewidert ab. Ich hasste das Töten, auch wenn es heute notwendig war.

Ein lautes Geheule erscholl. „Das Leittier ruft seine Jäger. Es geht also weiter, das ist noch nicht ausgestanden." Sagte jetzt Karen hinter mir. In einem langen Nachthemd stand sie hinter mir. Ein altes Gewehr im Anschlag. „Ist das Erbe meines verstorbenen Mannes, Keine Ahnung, ob es funktioniert." Scherzte sie sarkastisch. „Karen hat recht. Das war nur der Anfang, wir sollten die anderen Frauen wecken. Sie sollen sich bewaffnen. Egal, was sie finden. Kochtöpfe, Bratpfannen. Das Rudel wird uns gleich angreifen." Sagte Spencer besorgt. Er zog mich tröstend an sich. Gerade wollte ich etwas sagen, da erscholl eine Trompete. Lang und anhaltend. Verwundert hoben wir alle unsere Köpfe. „Die schönste Melodie der Welt." Rief Karen als eine Bataillon Soldaten in unser Lager ritt.

Überglücklich ging ich zum Hauptmann der Gruppe und umarmte den mir fremden Mann. „Sie kommen genau richtig, Mister. Sie retten uns das Leben." Sagte ich freundlich. Der Soldat lachte, als Spencer mich entschieden zu sich zog. „Wir sind die Armee. Es ist unsere Aufgabe, immer rechtzeitig zu erscheinen und Leben zu retten. Die Wölfe haben wir jedenfalls verscheucht. Ihre Schüsse haben uns den Weg gewiesen. Wir waren auf der Suche nach dem Rudel." Erklärte der Hauptmann breit grinsend.

5 Kapitel

„Wölfe"

„Es war klug, die Pferde nicht zu befreien, Mister Tracy. Ihre Verlobte hatte recht, das restliche Rudel hat dort draußen schon darauf gelauert. Diesen Trick hat das Rudel bereits mehrfach angewendet bei anderen Trecks. Deswegen wurden wir hierher beordert. Um den Wölfen Einhalt zu gebieten. Sie schicken immer zwei Tiere vor und warten dann ab. Das sie diese Tiere erlegt haben, ist gut. Ihre Verlobte ist ja sehr geschickt mit dem Lasso. Alle Achtung. Eine interessante Frau." Sagte der Hauptmann grinsend. Das ließ Spencer grunzen. Das Interesse des Hauptmannes an mir, gefiel ihm nicht, das spürte ich. „Ja, das ist Luise in der Tat. Mich überrascht sie auch jeden Tag. Deswegen freue ich mich, dass sie meine Frau werden wird." Grollte Spencer warnend. Er stand mit dem Hauptmann am Waldrand und sah zu, wie die Soldaten die toten Wölfe vergruben.

Ich blieb hinter den Männern stehen und lauschte dem Gespräch. Spencer klang gefährlich und leicht eifersüchtig. Das war doch Unsinn, dachte ich überrascht. Dafür kannte Spencer mich doch nicht lange genug. Er hatte die Verlobung doch nur erfunden, um sich Selma und Co vom Hals zu halten. Da hatte er doch gesagt, oder nicht?

„Sie bringen diese Frauen also in den Westen, interessant, Mister Tracy. Ich meine, ich verstehe es Nach dem letzten großen Krieg, gibt es hier wesentlich mehr junge Frauen als Männer. Und bei ihnen sind Frauen rar. Eigentlich eine gute Idee. Dabei gewinnt jeder. Wenn sie es erlauben, werden wir sie bis zur nächsten Stadt begleiten. Dank ihrem Hinweis konnten wir das Wolfrudel ja heute Morgen erledigen." Sagte der Hauptmann lachend. Spencers harten Ton ignorierte der Mann, das merkte ich. Zeit, mich bemerkbar zu machen, dachte ich schmunzelnd. „Ich würde mich über ihre Begleitung freuen, Hauptmann Hallmann. Das gibt mir die Gelegenheit, etwas Schlaf zu bekommen." Scherzte ich und griff nach Spencers Hand. Der Mann zog mich an sich und küsste meine Stirn, das war mir peinlich. Schließlich sah der Hauptmann zu. „Hast du bis eben nicht genug geschlafen?" Fragte Spencer mich dann leise. Ich schüttelte den Kopf. „Ich war vorhin gerade eingeschlafen, da stritten sich drei Frauen lautstark. Natürlich war Selma mittendrin. Sie spielte sich als Vermittlerin auf und war die Lauteste von allen. Sie schrie unmöglich Befehle herum und tat, als hättest du sie dazu ermächtigt. Da musste ich für Ordnung sorgen. Ich ernannte Karen zu meiner Stellvertreterin, falls wir beide weg sind. Dann legte ich mich wieder hin und versuchte, ein Auge zu schließen. Doch zehn Minuten später wurde der große Kochtopf von der Feuerstelle gerissen, es war natürlich niemand. Es gibt heute Abend also nur Brot. Sally sagte, sie habe Selma gesehen, doch beweisen kann sie es nicht. Du musst mit Selma reden, Spencer. Es wird besser sein, wenn sie unsere Gruppe in der nächsten Stadt verlässt." Erklärte ich so ruhig wie möglich und unterdrückte ein Gähnen.

Spencer nahm seinen Hut ab und raufte sich die Haare. „Du hast recht, Luise. So geht es nicht weiter. Wir haben noch eine lange Reise vor uns und können keinen Störenfried gebrauchen. Ich werde Selma bitten, zu gehen." Sagte er dann und ging, die Frau suchen.

„Darf ich erfahren, was es auf sich hat, mit dieser Frau?" fragte mich der Hauptmann jetzt freundlich. Erst jetzt erinnerte ich mich an den Mann. „Diese Selma hat sich in den falschen Mann verliebt, Hauptmann Hallmann. In meinen. Und deswegen versucht sie alles im Lager durcheinander zu bringen. Um Mister Tracy zu beweisen, wie unfähig ich bin." Erklärte ich leise. Es musste niemand anderes hören, dachte ich. Es war auch so schon schwer genug. Der Hauptmann verzog sein Gesicht und brachte mich damit zum Lächeln. „Dann ist ihre Verlobung also echt? Nicht nur erfunden, um die anderen Frauen auf Abstand zu halten? Schade, dass ich sie nicht früher kennengelernt habe, Luise Carter. Eine so tatkräftige Frau wie sie habe ich mir immer gewünscht." Sagte er dann heiser und verzog erneut sein Gesicht. Er reichte mir seinen Arm und führte mich zurück zu unserem Lager. „Heute Nacht können sie in Ruhe schlafen. Meine Männer werden Wache halten." Sagte der Hauptmann und ließ mich an meinem Wagen zurück. Mit einem Nicken ging der Mann davon.

„Männer in Uniform sehen verboten gut aus, oder Luise? Da könnte man schwach werden." Scherzte jetzt Wendy. Das fröhliche Mädchen steckte seinen Lockenkopf aus den Wagen und lachte. „Sie bereiten aber auch viel Liebeskummer. Heute sind sie hier, morgen weit weg. Zurück bleibt das Mädchen mit gebrochenen Herzen." Sagte und machte mich auf die Suche nach Spencer.

Lautes Geschrei, gepaart mit Heulattaken, wies mir den Weg zu meinem „Verlobten". Spencer saß am Lagerfeuer und versuchte, Selma zu beruhigen. Alle anderen Frauen waren in ihren Wagen, so wie Wendy, fiel mir auf. Nur Karen stand etwas Abseits und beobachtete die beiden. Neugierig ging ich zu Karen. „Hallo. Luise. Gut, dass du kommst. Spencer hat Selma gerade nahegelegt, das Lager übermorgen zu verlassen. Dann erreichen wir die nächste Stadt. Du hast sie schreien gehört, oder? Die Frau weigert sich, zu gehen. Sie liebt Spencer, sagte sie und will beweisen, dass du die Falsche für den Mann bist." Erklärte mir Karen besorgt. „Sie ist gefährlich. Geradezu fanatisch in Spencer verliebt." Karen seufzte leise als Selma erneut schrie. „Das ist keine Liebe, Karen. Das ist Besitzen wollen. Sie glaubt, Spencer wäre ihr Eigentum. Ich habe so etwas bereits erlebt. Es hat nicht gut geendet." Erklärte ich besorgt. Besser, ich machte mich auf die Suche nach Spencer.

„Diese Luise liebt dich nicht! Das eingebildete Weibsstück hat dich ja noch nicht einmal bemerkt, wenn du sie jeden Tag auf dem Weg zur Schule beobachtet hast. Sie hat keinerlei Notiz von dir genommen. Ich schon, denn ich habe dich vom ersten Augenblick geliebt.

Meine Liebe ist echt. Nicht das Fräulein Lehrerin liebt dich. Ich tue es." Bettelte jetzt Selma und weinte bittere Tränen. Fast konnte sie mir leidtun. Doch nur fast, denn ich sah Spencers verzweifeltes Gesicht. Der Mann war mit seinem Latein am Ende, dachte ich. Zeit, mich einzumischen. Entschlossen ging ich zu Spencer und nahm seine Hand. „ Das hier ist mein Mann, Selma. Das solltest du endlich begreifen. Es ist wirklich besser, wenn du uns bald verlässt. Du wirst zur Gefahr im Lager. Deine fanatische Anhänglichkeit an Spencer ist krank. Spencer hat sich für mich entschieden. Akzeptiere es." Sagte ich hart und schob Spencer etwas hinter mir. Diese einfache Bewegung reichte. Mit wütendem Geschrei, stürzte sich Selma auf mich. Sie versuchte mit ihren scharfen Fingernägeln, mein Gesicht zu verkratzen. Schützend hob ich meine Arme. „Spencer Tracy ist mein Mann. Ich war seine Auserwählte, bis er dich sah. Mich wollte er heiraten. Doch dann tauchtest du auf. Du, mit deinen wunderschönen Haaren und deinem guten Benehmen. Plötzlich war alles vergessen. Sogar unsere gemeinsame

Nacht. Ich existierte nicht mehr für Spencer."
Schrie Selma außer sich vor Wut.

Spencer zerrte Selma endlich von mir runter und versuchte das wildgewordene Frauenzimmer festzuhalten. „ Ich war damals stockbetrunken und erinnere mich nicht an die Nacht! Das Einzige, was ich noch weiß ist, dass mir am folgenden Tag der Schädel platzen wollte." Schnauzte er Selma an. „Ich wäre gar nicht in der Lage gewesen, dir nahe zu treten." Sagte dann etwas leiser. Erschüttert sah ich von Spencer zu Selma. Hatte der Mann etwa mit der Frau geschlafen und wollte sie jetzt mit unserer Verlobung loswerden? Wollte er sich aus seiner Verantwortung ziehen, indem er unsere Verlobung vortäuschte?

„Doch hast du mit mir geschlafen, Spencer. Ich war Jungfrau und du hast es mir genommen. Du trägst die Verantwortung für mich." Schrie Selma jetzt siegesgewiss. Sie spürte meine Verunsicherung deutlich. Wie konnte ich Spencer jetzt noch Glauben schenken? Selma lachte leise wissend, als ich tief verletzt abwandte. Ich fühlte mich betrogen.

Plötzlich war eine dritte Stimme zu hören. „Es reicht mit deinen Lügen, Selma. Du hast genug Unheil angerichtet. Du bist schon lange keine Jungfrau mehr. Du hast im Saloon angeschafft! Dort warst du sehr gefragt, denn du hast nie nein gesagt, wenn das Geld stimmte. Ich habe den betrunkenen Spencer in sein Bett gebracht in der fraglichen Nacht. Er wäre nicht in der Lage gewesen, „seinen Mann zu stehen". Das kann ich bezeugen. Also hör auf zu lügen und akzeptiere, dass du verloren hast. Dieser Treck ist besser ohne dich dran." Sagte jetzt eine wütende Karen und kam zu mir. Tröstend legte sie einen Arm um mich. Selma kam zu uns und riss mich beiseite. „Du behauptest, ich sei eine Hure gewesen? Ich bin eine ehrbare Witwe, du Luder!" Schrie sie Karen an. „Klar und ich war eine Nonne. Wir haben doch alle unsere Geschichte, Selma. Beruhige dich endlich und lasse Luise in Ruhe. Und vor allem Spencer. Der Mann ermöglicht uns anderen einen Neuanfang.

Das hast du dir versaut, Liebes. Denn du hast den Hals nie voll genug kriegen können." Sagte Karen ernst. Selma schrie wie irre auf und stürzte sich auf Karen. Sie riss die Frau an den Haaren zu Boden und schlug mit den Fäusten auf sie ein.

Es reicht!" Donnerte Spencer und zerrte Selma hoch. „Du wirst die restliche Fahrt bis in die Stadt, bei den Soldaten fahren! Ich will dich nicht mehr in meinem Treck haben, Selma!" Schnauzte er die wildgewordene Frau wütend an. Mit aller Gewalt zog er Selma zu ihrem Wagen. „Du hast an allem Schuld, Fräulein Lehrerin. Du hast mir den Mann gestohlen. Das wirst du mir büßen. Spencer gehört mir!" Schrie Selma laut durch das Lager. Mit Tränen in den Augen sah ich der verrückt gewordenen Frau hinterher. „Mach dir keine Vorwürfe, Luise. Die Frau war schon immer so verrückt. Sie hat damals im Saloon meines zweiten Mannes gearbeitet, ich weiß also, wovon ich rede. Es war ein Schock für mich, sie hier wiederzutreffen. Ich hätte Spencer warnen sollen, doch ich wollte ihn nicht beunruhigen. Und ich dachte, dass

Selma sich geändert hätte. Anfangs sah es ja auch so aus." Gestand jetzt Karen und reichte mir ihr Taschentuch.

Erleichtert sah ich Spencer wiederkommen. „Packe deine Bettsachen, Luise. Bis wir die nächste Stadt erreichen, übernachtest du bei mir. Ich traue der durchgeknallten Frau nicht. Auch, wenn ich sie in Hauptmans Hallmanns Obhut gegeben habe." Sagte Jetzt Spencer und legte seinen Arm um meine bebenden Schultern. „Ich soll bei dir schlafen? Bist du verrückt geworden? Was sollen die anderen Frauen denken. Und was ist mit Wendy. Sie ist auch in Gefahr." Widersprach ich empört. „Die anderen Frauen werden dasselbe denken wie ich. Dass dein Mann dich beschützen will. Mehr nicht, Luise, Und Wendy kann bei mir schlafen. Wenn sie mein Schnarchen erträgt." Sagte jetzt Karen lachend. Spencers breites Grinsen passte dazu.

5 Kapitel

„Annäherung"

Spencer hatte eine Decke gespannt, die seinen Planwagen in zwei kleine Ecken teilte. Ich lag auf meiner Hälfte und lauschte den Geräuschen von draußen. Spencer war noch dabei, das Lager für die Nacht vorzubereiten. Da die Soldaten auf uns achteten, waren keine weiteren Wachen nötig. Wir alle konnten heute Nacht schlafen.

„Ich bleibe auf meiner Seite des Wagens, versprochen." Hörte ich jetzt Spencer flüstern. Er stieg in den großen Wagen und zog die alte Wolldecke zurecht. Ich zitterte merkwürdigerweise etwas, während ich den Mann dabei beobachtete. „Es ist trotzdem merkwürdig, Spencer. Ich würde lieber in meinem Wagen schlafen. Selma ist doch sicher bei dem Hauptmann untergebracht. Was soll den passieren?" Fragte ich nervös. Ich hörte Spencer seufzen. Er schenkte sich einen Whisky ein. „ Ich brachte Selma und Karen bereits aus der Nachbarstadt mit her, Luise. Schon bei unserer ersten Begegnung hat sich Selma so merkwürdig benommen. Sie faselte etwas von Liebe auf dem ersten Blick. Und dass ich das doch auch spüren müsse. Damals hielt ich es für einen Scherz. Ich versprach Selma, dass sie trotz ihres Lebenswandels, einen netten Farmer kennenlernen würde. Halte mich nicht für naiv oder blauäugig. Ich hole mir über jede Frau, die sich bewirbt, Informationen ein. Bei Selma fragte ich wahrscheinlich die falschen Menschen. Sonst hätte ich gewusst, dass die Frau Probleme hat." Erzählte er mir dann leise.

„Du nennst es Probleme, ich nenne es verrückt. Sie kann meiner zukünftigen Schwägerin das Wasser reichen." Sagte ich trocken. Jetzt kam Spencers Hand unter der Decke hervor. Er suchte meine Hand und drückte sie tröstend. Dann wollte er loslassen, doch ich griff nach. Er verstand und blieb so liegen. „Gute Nacht, Luise." Sagte er. Eine Minute später hörte ich Spencer leise schnarchen. Verwunderlich, wie schnell sich das Leben ändern konnte, überlegte ich und wischte mir eine Träne aus dem Gesicht. Noch vorgestern war ich einsam und verzweifelt. Heute war ich „verlobt" und auf dem Weg in ein neues

Leben. Was würde mich erwarten? Das fragte ich mich jetzt, das erste Mal. Gähnend beschloss ich, morgen Spencer etwas auszufragen. Seine starke, große Hand fest umklammernd, schlief ich dann auch ein.

„Feuer! Ein Wagen brennt!" Weckte mich in der Nacht ein lauter Ruf. Ohne ganz wach zu sein, wusste ich, dass mein Wagen brannte. „Brutus!" Schrie ich erschrocken und griff nach meinem Kleid. Der Hahn saß mit seiner geliebten Henne im Verschlag des Wagens. Ich hörte Spencer aus dem Wagen springen. „Ich kümmere mich um deinen Hahn. Bleibe hier, das ist besser. Ich fürchte, Selma ist jetzt endgültig verrückt geworden. Hier bist du sicher." Rief Spencer wütend zu mir in den Wagen. Das war keine Bitte, das war ein Befehl, dachte ich verzweifelt. „Bitte rette Brutus. Er ist alles, was ich noch von zuhause habe." Rief ich mit Tränen in den Augen. Spencer hob seine Hand. Er war bereits auf dem Weg zum Feuer. Er hatte mich also gehört, dachte ich voller Angst. Und noch etwas wurde mir klar. Hätte

Spencer nicht darauf bestanden, dass ich bei ihm schlief, würde ich jetzt im Wagen verbrennen. Denn raus hätte ich es nicht mehr geschafft. Tief im Schlaf, verträumt, wäre ich in dem Feuer umgekommen. Ich warf mir das Kleid über und kletterte aus dem Wagen. Ich sah aus der Ferne, wie der brennende Wagen jetzt von den Soldaten vom Lager weggezogen wurde. In der Prärie sollte er also ausbrennen.

Ich verlor meinen gesamten Besitz, dachte ich traurig. Ich besaß nur noch das Kleid, dass ich am Leibe trug. Zum Glück hatte ich mein Geld bei mir am Körper. Das beruhigte mich etwas. Ich würde mir in der nächsten Stadt eine neue Garderobe kaufen müssen. War es wirklich Selma gewesen, de das Feuer gelegt hatte? Das fragte ich mich, während ich mich erleichterte. Es sah ja keiner, alle waren mit dem Feuer beschäftigt.

„Hier bist du, Miststück. Hat Spencer dich also hiergelassen. Hast mit dem Mann in seinem Wagen geschlafen. Das gehört sich nicht. Spencer ist mein Mann." Hörte ich eine schneidende Frauenstimme aus der

Dunkelheit sagen. Jetzt entflammte eine Laterne und ich sah Selma mit einem Revolver auf mich zukommen. „Du hast mir meinen Mann weggenommen. Das musss ich bestrafen. Ich werde dich umbringen. Dann kommt Spencer wieder zurück zu mir." Sagte die Frau und lachte irre auf. Unsicher zuckte ich zurück. Ich wusste nicht, was ich sagen sollte. Mit Verrückten hatte ich keine Erfahrung. Mein Mund war trocken als ich etwas hustete. „Du hast recht, Selma. Spencer und ich waren nicht nett zu dir. Es tut mir leid." Brachte ich endlich heraus.

„Sprich seinen Vornamen nicht aus! Für dich ist er Mister Tracy!" Schrie jetzt Selma und hob die Waffe. Jetzt würde die verrückte Frau mich erschießen, dachte ich voller Angst. Meine Reise, meine erst beginnende „Beziehung" zu Spencer endete also so schnell. Ergeben schloss ich meine Augen und wartete auf den Knall. Das war mein Ende. Erschossen von einer Verrückten.

Plötzlich schrie Selma auf. Die Laterne flog ins Gras. Lautes Gekrähte folgte, Geschrei und dann ein Schuss. Ruhe folgte, gespenstische Ruhe. Es war, als stände die Zeit still. Ich hörte Brutus gackern und suchte in der Dunkelheit nach der Laterne.

„Dein verrückter Hahn ist mir entkommen!" Hörte ich jetzt Spencers Stimme rufen. Er kam zu mir gelaufen und sah betroffen auf die tote Selma vor mir. Fragend hob er seine Laterne in Richtung des Hahns. „Was ist passiert?" fragte mich tonlos. Ich zuckte nur mit den Schultern. „ Ich glaube, Brutus hat Selma erschossen." Sagte dann nur. Spencers Gesicht war einmalig.

Wir brachen wieder auf. Nur ein einsames Holzkreuz auf der Wiese, erinnerte an Selma und an das, was passiert war. Spencer hatte es als Selbstmord dargestellt. Denn die Wahrheit würde uns eh niemand glauben. Sicher war jedenfalls, dass Brutus mir das Leben gerettet hatte. Hätte der Hahn mich nicht gesucht, hätte Selma mich erschossen. Voller Eifersucht und Verblendung. „Die Frau war krank. Das steht fest. Karen warnte mich davor. Doch ich sah es nicht so ernst. Es tut mir leid, Luise. Ich glaubte, mit dir, als meine Verlobte, kapiert die Frau, dass ich kein Interesse an ihr habe." Sagte Spencer leise. Er hatte sein Pferd an meinen Wagen gebunden und saß jetzt neben mir auf dem Bock. Zum Glück konnten die Männer meinen Wagen weitergehend retten. Nur das hintere Teil der Achse war verkohlt. Das Feuer sollte nur für Ablenkung sorgen. Damit Selma an mich rankam, so erklärte Spencer mir.

Wir hatten eine Weile geschwiegen. Jeder in seinen Gedanken gefangen. Hinter uns fuhr Wendy. Spencer hatte der jungen Frau Selmas Eigentum überlassen. Keine andere Frau wollte etwas davon. Niemand hatte Selma gemocht, fiel mir jetzt auf.

„Unsere Reise wird ohne Selma leichter, Spencer. Wir müssen zusammenhalten. Und das war mit Selma unmöglich. Sie hat Zwietracht gesät, wo sie konnte. Niemand trauert der Frau hinterher." Sagte ich nachdenklich. Tröstend griff ich nach Spencers Hand. Irgendwie empfand auch ich Trost bei dieser Berührung. Seit dem Tod meiner Mutter, war ich nie mehr umarmt oder gedrückt worden. Damals gab es nur noch Vater und Markus für mich. Keiner scherrte sich um mich. Hauptsache, ich tat meine Arbeit, ging mir durch den Kopf. Ich genoss Spencers Wärme. „Mich wundert, dass du keinen Mann gefunden hast, Luise. Du bist so ein wertvoller Mensch. Immer positiv, trotz deines beschissenen Lebens. Mit elf Jahren musstest du die Aufgaben deiner Mutter übernehmen. Dann deinen Bruder versorgen und dich mit dessen Verlobten herumärgern. Sind die Männer in deiner Heimatstadt alle blind gewesen?" Fragte Spencer jetzt neugierig, etwas scherzend. Er erwiderte den Druck meiner Finger. Ich fühlte sein Interesse an mir. Das gab mir Mut. „Nein, blind nicht. Aber dumm und egoistisch. Jeder wollte nur eine Frau, die arbeitet und Kinder bekommt. Mehr interessiert die Männer nicht. Und ich will mehr als das. Ich suche einen Mann, der sich mit mir unterhalten kann. Und nicht nur über das Wetter, das Vieh oder die Ernte. Doch so einen habe ich nicht gefunden." Erklärte ich lächelnd. Mir gefiel dieses unverfängliche Thema. Es war auf jeden Fall besser als über die tote Sema zu reden, überlegte ich. Und Spencer schien sich für mich als Person zu interessieren. „Vor drei Jahren machte der neue Pastor mir einmal den Hof. Es war angenehm, sich mit dem Mann zu unterhalten. Etwas anderes als Landwirtschaft. Doch, es sah gut aus. Dann, eines Abends, ich wusste, er wollte mir die Fragen aller Fragen stellen, erzählte mir der Mann, dass er wenigstens zehn Kinder wolle. Alles kleine Propheten, die das Wort Gottes verbreiten würden. Ich hob meine Röcke und rannte, was das Zeug hielt. Ich meine, ich habe nichts gegen Kinder. Aber es gibt doch etwas anderes als ewig schwanger zu sein." Erzählte ich hörte Spencer endlich lachen, dass befreite die getrübte Stimmung. „Zwei Monate später heiratete der Pastor die etwas dümmliche Nachbarstochter. Dreimal Zwillinge in drei Jahren, Spencer. Stell dir das mal vor. Das hätte ich sein können." Erzählte ich weiter und freute mich, das Spencer endlich wieder breit grinste.

Gegen Nachmittag stoppte unser Treck. Die Soldaten verabschiedeten sich von uns. Da

Selma tot war, mussten wir die nächste Stadt nicht mehr ansteuern. Hauptmann Hallmann kam, um sich zu verabschieden. Merkwürdigerweise war der Mann nervös, als er wartete, dass wir beide allein waren. Spencer bemerkte es. „Ich gehe mal nach den anderen Frauen schauen. Ob alles in Ordnung ist." Sagte er gutmütig und ließ mich mit dem Hauptmann allein. „Ich bin kein Mann, der schlecht über jemanden redet, Miss Luise. Doch was wissen sie über ihren Verlobten?" Begann Hauptmann Hallmann das Gespräch. „Nicht viel." Gestand ich neugierig. Der Hauptmann nickt besorgt. „Einer meiner Soldaten kennt Mister Tracy. Er und sein Bruder waren berüchtigte Kopfgeldjäger. Sehr skrupellos, so sagt er. Die beiden haben ihr Geld mit der Jagd auf Verbrecher gemacht. Oft kamen diese Outlaws nur noch tot bei dem Sheriff an. Sehen sie sich also vor, Miss Luise. Es wäre schade, wenn ihnen etwas passiert." Erklärte der Mann dann ernst. Ich versuchte, meinen Schock zu verbergen. Spencer sollte ein Kopfgeldjäger gewesen sein? Das konnte, wollte ich nicht glauben. „Danke für die

Warnung, Hauptmann. Aber ich habe gelernt auf mich aufzupassen. Machen sie es gut." Sagte ich so freundlich wie möglich. Ich schnalzte und lenkte meinen Wagen wieder in die Reihe. Unsere Reise ging weiter.

6 Kapitel

„Legenden"

„Hast du Lust auf einen Spaziergang, Luise?" Fragte Spencer mich nach dem Abendessen. Den ganzen Tag war ich dem Mann aus dem Weg gegangen. Er hatte es natürlich bemerkt, aber geschwiegen. Mich meinen schweren Gedanken überlassend. Alle Augen um das Lagerfeuer sahen mich erwartungsvoll an. Also erhob ich mich und griff Spencers ausgestreckte Hand. Er führte mich etwas abseits von den anderen Frauen und blieb an einem Baum stehen. Nachdenklich lehnte er sich dagegen. „Seit dem Abschied des Hauptmanns gehst du mir aus dem Weg, Luise. Ist etwas passiert? Wärst du lieber bei Hallmann geblieben?" Fragte Spencer mich dann heiser. Er hob seine Hand als ich etwas sagen wollte. „Ich habe die Blicke des Hauptmannes gesehen, Luise. Der Mann ist in dich verliebt." Knurrte er dann weiter als ich betroffen schwieg. Es klang sehr unfreundlich und ich ahnte, dass Spencer auch eine gefährliche Seite hatte. Die Worte des Hauptmannes gingen mir wieder durch den Kopf. „Ich bin dort, wo ich sein will, Spencer. Männer in Uniform reizen mich nicht besonders." Versuchte ich einen Scherz und hoffte auf Spencers Grinsen, das mir so gut gefiel. Doch Fehlanzeige. Sein Gesicht blieb verschlossen. „Hallmann meinte, mich über die Vergangenheit deines Bruders und dir, aufklären zu müssen. Der Mann warnte mich. Er sagte, dass ihr beiden berüchtigte Kopfgeldjäger wart. Männer, die über Leichen gingen. Das macht mir etwas Sorgen, Spencer. Stimmt es?" Fragte ich mit einem Zittern in der Stimme. Spencer drückte sic vom Baum ab und griff wieder meine Hand. So als wolle er verhindern, dass ich weglaufen würde. „Es ist nicht gelogen, Liebes. Samuel und ich waren Waisenkinder. Verkauft an einen Farmer, der uns ausnutzte und schuften ließ. Oft bis zur Erschöpfung.

Niemand scherrte sich um uns. Wir hatten ja keine Verwandten. Schule und Bildung gab es nur für die leiblichen Kinder des Farmers. Wir bekamen nur Schläge und die Peitsche zu spüren, schliefen wir erschöpft ein." Erzählte Spencer und zog sein Hemd aus der Hose. Gedemütigt zeigte er mir seinen vernarbten Rücken. Geschockt schloss ich meine Augen und unterdrückte einen Aufschrei. „Samuel sieht noch schlimmer aus. Er war der aufbrausende von uns beiden. Er bekam die meisten Schläge. Mit vierzehn hielten wir beide es nicht mehr aus und liefen davon. Ohne Geld der etwas zu Essen. Wir wären vielleicht kriminell geworden. Doch dann stolperten wir über einen toten Mann. Ein steckbrieflich gesuchter Verbrecher, auf dem ein hohes Kopfgeld ausgesetzt war. Wir brachten die Leiche zum nächsten Sheriff und erhielten tatsächlich das Kopfgeld. Das erste Mal, dass wir Geld in den Händen hielten. Das Gerücht, dass wir diesen Mann ermordet hätten, machte die Runde. So kamen wir zu unserem Ruf. Samuel und ich kauften uns Pferde und Revolver, lernten damit umzugehen und alles weitere. Die nächsten fünfzehn Jahre jagten wir dann Verbrecher. Oft hatten wir mehr Glück als Verstand. Manchmal ging es hart aus. Da hieß es sie oder wir, da bin ich ehrlich. Doch wir erledigten echt gefährliche Mörder und Vergewaltiger, Luise. Das brachte uns den Beinamen „Die Teufel von Texas" ein." Sagte er weiter und stopfte sein Hemd zurück in seine Jeans. „Ihr wart die Teufel von Texas? Ich habe über euch gelesen, Spencer." Murmelte ich erschüttert. Gelesen? Ich hatte jeden Bericht darüber verschlungen, immer mit den beiden Brüdern gefiebert.

„Das meiste davon ist stark übertrieben, Luise. Wir hatten eine Menge Glück. Jedenfalls wurden wir dreißig und hatten das Leben satt. Man bot uns eine Ranch weit im Westen an. Guter Grund für einen Neuanfang. Und Farmarbeit waren wir je gewohnt. Und Samuel ist ein Naturtalent, was Tiere angeht. Er wird deinen verfluchten Hahn vergöttern." Scherzte Spencer jetzt endlich wieder. Das Gespräch nahm angenehme Formen an. „Stimmt es, dass ihr

Zwillinge seid? Das es unmöglich ist, euch auseinander zu halten?". Fragte ich jetzt kichernd und stellte mir eine zweite Ausgabe von Spencer vor. Zufrieden nahm ich Spencers Hand und drückte sie sanft. „Ich merke, du hast wirklich von uns gehört. Ja, wir sind Zwillinge. Aber so ähnlich wie es geschrieben wurde, sind wir uns nicht. Das wirkt nur auf dem ersten Blick so. Und ich muss dich warnen, die Bücher über unsere Abenteuer entsprechen nicht der Wahrheit, Luise. Die Wahrheit ist um einiges brutaler und liegt hinter uns." Sagte Spencer jetzt lächelnd. Er zog mich in seine Arme und legte seinen Mund auf meinen. Zitternd hielt ich still. Es war das erste Mal in meinem Leben, dass ich so geküsst wurde. Seine Zunge schob sich zwischen meinen Lippen und erkundete meinen Mund. Es fühlte sich fantastisch an. Ich presste mich an den großen Mann. Kurzatmig lag ich in seinen Armen. „Danke, danke, dass du nicht auf Männer in Uniformen stehst, Luise Carter." Flüsterte Spencer mir lachend ins Ohr.

Mit der frisch gewaschenen Wäsche kam ich vom kleinen See zurück. Nach einem kleinen Streit durfte ich auch Spencers Unterwäsche waschen. Lächelnd erinnerte ich, wie peinlich das dem Mann war. Erst das Argument, dass ich die Unterwäsche meines Bruders auch immer gewaschen hatte, beruhigte den Mann etwas. Ich trug den schweren Korb zum Wagen. Dort hatte Spencer mir Schnüre gespannt. Er war jetzt auf dem Weg, seinem Bruder entgegenzureiten. Heute würden wir auf Samuels Treck treffen und gemeinsam weiterziehen. Dreißig Frauen, zwei Männer und zwei halbwüchsiger Burschen, so sagte Spencer gestern Abend. Ich war gespannt auf die neuen Frauen. Wer würde es sein, der uns auf unserer langen Reise begleitete? Meine Frauen hier kannte ich jetzt, nach gut einer Woche, sehr gut und konnte sie einschätzen. Wie würde es bei den neuen sein? Und ich war natürlich neugierig auf Spencers Bruder. Sah Samuel seinem Bruder wirklich so ähnlich? Nun, ich würde es bald erfahren, dachte ich schmunzelnd.

Ich sah Spencer an meinem Wagen stehen und sich mit Brutus beschäftigen. Der Hahn lief gackernd um Spencer herum, griff ihn aber nicht an. Verwundert blieb ich kurz stehen. Sonst durfte Spencer dem Wagen oder mir doch nie unbestraft näherkommen. Selbst als Spencer den Hahn neulich aus dem Feuer gerettet hatte, war er auf dem Mann losgegangen. Ich erinnerte mich an die tiefen Kratzwunden. Fast täglich drohte Spencer dem Hahn damit auf dem offenen Feuer zu enden. Heute jedoch schienen beide die besten Freunde zu sein. „Merkwürdig, merkwürdig," Murmelte ich und ging einen Schritt schneller.

Jetzt bemerkte mich Spencer und warf die letzten Körner auf dem Boden. Er kam, um mir den schweren Korb abzunehmen. Der Gang, die Bewegungen, lächelnd stellte ich den Korb ab und wartete. „Hallo, Luise." Sagte der Mann freundlich. Er wollte mich an sich ziehen. Doch ich wich aus. „Hallo, du musst Samuel sein. Schön, dich kennenzulernen. Ist Spencer auch hier?" Fragte ich grinsend. Ich sah die

Überraschung im Gesicht des Mannes deutlich. „Spencer hat die Wette gewonnen. Der Schweinehund sagte, dass du dich nicht täuschen lässt. Was hat mich verraten? Ich kann meinen Bruder doch eigentlich perfekt imitieren." Sagte Samuel jetzt seufzend. Das machte den Mann sympathisch, dachte ich schmunzelnd. Er konnte eine Enttäuschung wegstecken. „Ganz ehrlich? Mein Hahn hat sie verraten. Brutus kann Spencer nicht leiden und hätte ihren Bruder längst angegriffen. Die beiden sind Feinde. Spencer vermutet, dass Brutus eifersüchtig ist. Ansonsten war ich zuerst wirklich verwirrt. Ich habe nicht geglaubt, dass die Ähnlichkeit so frappierend ist. Doch wenn ich genauer hinschaue, sehe ich Unterschiede." Sagte ich schmunzelnd und wies auf Samuels Haare. „Spencers Haare sind etwas roter. Ihre gehen mehr ins braune." Erklärte ich dann kichernd. Samuel nickte. „Unser irisches Erbe, ich verstehe." Sagte er und schob seinen Hut etwas in den Nacken. „Spencer hat mich geschickt. Er will ihnen die anderen Frauen, die Neuzugänge, vorstellen. Gehen sie ruhig, Luise. Ich kümmere mich um die Wäsche.

Muss ich zuhause auch tun." Erklärte Samuel.

„Ja, gehe nur, Luise. Ich werde Mister Tracy gerne helfen. Er kann mir dafür meinen Korb zum Wagen tragen." Sagte jetzt Sally und stellte ihren schweren Korb ab. Man sah ihr die Schwangerschaft an, und sie verbarg sie seit Antritt der Reise auch nicht mehr. „Samuel? Das ist meine Freundin Sally. Sie kann etwas Hilfe brauchen. Auch, wenn sie tapfer ist. Tapfer und stark." Stellte ich Sally vor. Dann machte ich mich auf den Weg, Spencer zu finden.

„Was hältst du von den neuen Frauen? Kommst du mit ihnen zurecht?" Fragte mich Spencer gegen Abend. Er hatte mich zu einem Spaziergang abgeholt. Das fand ich gut. Denn jeder diese Spaziergänge endete stets mit leidenschaftlichen Küssen. Das gefiel mir gut. Keine Ahnung wie es sich zwischen uns beiden entwickeln würde. Doch Spencers Küsse genoss ich. Und schließlich waren wir ja „Verlobt". Warum also ein schlechtes Gewissen haben. Doch jetzt wurde ich ernst. Denn Spencer hatte ein wichtiges Thema angesprochen. „Bis auf zwei Frauen, komme ich gut zurecht, Spencer. Alle anderen Frauen akzeptieren mich als Ansprechpartnerin. Doch Olga Mac Person hat offen ihren Widerstand gegen mich geäußert. Sie ist älter als ich und weigert sich, meine Anweisungen zu befolgen. Ich wies die Frauen an, sich mit Frischwasser zu bevorraten. Da wir in der nächsten Zeit ja zu keinem Gewässer kommen. Alle Frauen folgten meiner Anweisung, außer Olga. Dabei sollte sie wissen, dass unsere Tiere Wasser brauchen. Sie leisten die meiste Arbeit." Erklärte ich bitter schluckend. „Sie kann nicht erwarten, dass die anderen Frauen ihre Pferde mitversorgen." Ich griff nach Spencers Hand und kuschelte mich unter seine warme Jacke. Jetzt wurde es abends schon empfindlich kalt. „Ich werde mit dieser Olga reden. Wer ist die zweite Frau, die dir Sorgen macht?" Sagte Spencer dunkel und hob meinen Kopf. Seine Lippen strichen begehrend über meinen Mund. Doch das musste noch warten. Ich musste erst meine Sorgen loswerden. „Gertrud Miller, Spencer. Mit ihren beiden, unerzogenen Söhnen. Jack und John sind frech und arrogant. Keinen Respekt vor ihrer Mutter. Getrud kann sich nicht durchsetzen. Sie behauptet eine Witwe zu sein. Doch irgendetwas stimmt daran nicht, das merke ich. Und dann ihre Kinder. Selten erlebte ich zwei so respektlose Kinder, wie die beiden. Die Kinder sind frech und verlogen. Sie haben ellenlange Haare, die sie unaufhörlich kämmen und waschen. Das nervt. Sie verbrauchen das Trinkwasser dafür. Verbiete es ihnen, lachen sie mich nur aus. Samuel hat uns keinen Gefallen getan, die Frau mitzunehmen." Sagte ich besorgt. Spencer nickte zustimmend. Dann beugte er seinen Kopf, um mich zu küssen. Vergessen waren meine Sorgen. Ich genoss seine warmen, festen Lippen. Seine starken Hände strichen begehrend über meinen Körper. Sie weckten ein nie gekanntes Verlangen in mir. Oft lag ich nachts wach und stellte mir vor, in Spencers Armen zu liegen.

7 Kapitel

„Probleme"

Leise einen Fluch murmelnd, setzte ich mich zu Karen in den Wagen. Seit drei Tagen regnete es oder aber die Sonne brannte unbarmherzig vom Himmel herunter. War man gerade wieder trocken, durchnässte dich der nächste Regen. Das hatte zur Folge, dass die Hälfte der Frauen erkältet waren. „So schlimm, Liebes?" Fragte Karen und reichte mir einen Becher Tee. Eine Kostbarkeit in diesen Tagen. „Schlimmer, Karen. Nicht nur, dass Olga Theater macht, und sich unaufhörlich bei Spencer beschwert. Die Frau macht dort weiter, wo Selma aufgehört hat." Sagte ich und wusste, dass ich etwas eifersüchtig klang. Karens Grinsen verriet es mir. Ich streckte der Frau die Zunge raus. „Jetzt hat es diese Gertrud Miller heftig erwischt. Die Frau liegt flach und hustet sich die Lunge raus. Das nutzen ihre Plagen natürlich aus und terrorisieren das restliche Lager. Jetzt haben die Bengel Sally

Lebensmittel gestohlen und sind auch noch stolz auf ihre Tat. Am liebsten hätte ich die beiden an ihren langen Haaren aufgehängt! Spencer hat die beiden bestraft und zum Holzsammeln geschickt. Samuel sollte die beiden begleiten, doch dann riss bei Sally die Wagenplane und das muss repariert werden. Bevor der nächste Regen einsetzt. Jetzt sind die Teufelsbraten bereits drei Stunden weg und Spencer hat sich die Suche gemacht. Ich hoffe, er wird die beiden finden. Wir können erst weiter, wenn wir vollzählig sind." Erklärte ich meine schlechte Laune. Seufzend trank ich meinen Tee.

„Wie läuft es eigentlich zwischen dir und dem Boss? Macht ihr inzwischen mehr als nur küssen? Jeden Abend sehe ich, und die anderen natürlich, euch verschwinden. Es geht uns ja nichts an. Aber ich möchte nicht, dass dir wehgetan wird. Du weißt, was Spencer früher getan hat? Das er keine weiße Weste hat?" Fragte Karen nach einer kleinen Pause. Ich nickte nur und lief tatsächlich rot an. „Wir küssen uns nur. Es war nicht geplant. Es ist so passiert.

Eigentlich sollte ich nur Spencers Verlobte spielen, um die anderen Frauen auf Abstand zu halten. Denke an Selma. Doch in der letzten Zeit sind wir uns nähergekommen. Keine Ahnung, wie es weitergehen wird." Sagte ich dann immer leiser werdend.

„Spencer mag dich. Der Mann begehrt dich, Luise. Glaube einer Frau, die bereits zweimal verheiratet war und eine Anzahl an Verehrern hatte, Warte mit dem nächsten Schritt nicht zu lange. Es gibt immer Frauen wie Selma oder Olga, die nicht zögern werden. Spencer ist ein sehr temperamentvoller Mann." Sagte Karen jetzt mahnend.

Samuel rief nach mir. Laut meinen Namen rufend, lief er durch das Lager. Das konnte nichts Gutes bedeuten. „Das feine Fräulein hat sich bestimmt schlafen gelegt und uns anderen die Arbeit überlassen. Damit sie Kraft hat für den Abend. Und den Boss." Hörte ich Olgas gehässige Stimme sagen. Vereinzelnd wurde gelacht. Wütend stieg ich von Karens Wagen. „Ich bin hier, Samuel." Sagte ich mit zusammen gekniffenen Lippen. Ich würde Olgas Bemerkung ignorieren. Das war das Beste. Samuel kam zu mir und wies stumm auf dem Horizont. Dort stiegen vier Rauchsäulen gegen Himmel. Verwundert starrte ich diese schwarzen Rauchsäulen an. Langsam versammelten sich die Frauen um uns. Neugierig, was Samuel zu sagen hatte. Spencers Bruder seufzte jetzt und raufte sich die Haare. „Ich denke, dass irgendjemand die indianer erzürnt hat. Das sieht nach einer Kriegserklärung aus." Sagte der große Mann ernst. „Indianer? Hier gibt es Wilde? Warum wissen wir nichts davon!" Schrie jetzt Olga aufgebracht. Panisch klammerte sie sich an Samuels Arm. Verlegen schüttelte Samuel die Frau ab und ging einige Schritte abseits. „Weil die Indianer seit vielen Jahren friedfertig sind. Es handelt sich um einen kleinen Stamm. Sie leben auf dem letzten Flecken Erde, dem die Regierung ihnen gelassen hat. Kaum einer weiß um ihre Existenz. Und das ist gut so. Warum sollten Spencer und ich euch deswegen beunruhigen. Wir ziehen ja bald weiter." Erklärte er dann dunkel. Er versuchte ruhig zu sprechen, doch ich hörte die Sorge in seinen Worten. „Ich möchte wetten, dass

Jack und John etwas mit dem Aufruhr zu tun haben. Die beiden Bengel machen doch nur Ärger. Und dass Spencer auch noch nicht zurück ist, macht mir Sorgen. Der arme Mann muss sich hier um alles kümmern. Na, wenn er die falsche Frau an seiner Seite hat, wundert es nicht." Sagte jetzt Olga gehässig. Es juckte mir in den Fingern, die Frau zu schlagen. Was fiel Olga ein, so dumm zu reden. „Was hat Spencer nur an sich, dass sämtliche verrückte Frauen auf ihn stehen? Erst diese Selma, jetzt Olga." Murmelte ich und erntete ein heiseres Lachen von Samuel. „Das war schon immer so, Luise. Spencer ist einfach zu nett. Das nutzen solche Frauen aus." Flüsterte er mir zu. Doch laut genug, dass es jeder in unserer Nähe hören konnte. Olga lief hochrot an und raffte wütend ihr Kleid. „ Ich werde einmal nach Gertrud sehen. Jemand sollte es tun. Die arme Frau hat es nicht leicht. Verwitwet mit zwei so schwierigen Kindern." Sagte sie gehässig. Ich spürte, sie wollte neuen Ärger stiften. Samuel dachte wohl ebenso. „ Tu das Olga. Aber ein Wort darüber, dass ihre Jungs vermisst werden, und du fährst die restliche

Strecke am Ende des Trecks! Dann schluckst du den Staub. Das stoppt dein widerliches Mundwerk hoffentlich." Sagte er befehlend. Olga zuckte zusammen, das hatte gesessen. Ja, Samuel war auf jeden Fall der härtere Bruder.

„Ich werde mich auf die Suche nach den dreien machen. Irgendwo müssen sie ja sein." Beschloss ich und wies Richtung der Rauchsäulen. Samuel nickte zustimmend. „Ich werde dich begleiten. Karen hat das Sagen im Lager. Ihr wartet bis morgen Mittag. Sollte niemand von uns wiederkommen, fahrt ihr weiter Richtung Westen. Das ist die Bergkette dort drüben. Dahinter befindet sich eine kleine Stadt. Dort seid ihr sicher." Erklärte Samuel streng. Jeder von uns schwieg dazu. Wir alle wussten, was der Mann nicht aussprach. Dreißig Frauen ohne männlichen Schutz waren ein gefundenes Fressen für jeden Verbrecher.

Ich hatte meine alte Hose angezogen. Ein Raunen ging durch die Gruppe als ich so mein Pferd bestieg. Die Frauen waren diesen Anblick nicht gewohnt. Auch Samuel staunte schwer. „Die Hose habe ich von meinem Bruder bekommen. War bei der Ernte einfacher als ein Kleid. Und angenehmer, das erleichterte die Arbeit." Erklärte ich und schrak zusammen als Brutus angeflattert kam. Mein Pferd scheute als der riesige Hahn sich auf dem Sattelknauf festkrallte. Der Hahn gackerte laut und wundersamerweise beruhigte sich mein Pferd umgehend. „Scheint so, dass dein Hahn uns begleiten will." Sagte Samuel lachend. Er wendete sein Pferd und ritt los. Seufzend folgte ich dem Mann. „Ich habe Gewehre an die Frauen verteilt. Sicher ist sicher." Sagte Samuel als ich ihn endlich eingeholt hatte. Das war, mit dem aufgeregten Brutus vor mir nicht so einfach. Dann schwieg der Mann wieder.

„Glaubst du, dass die drei im Indianerlager sind? Werden sie dort festgehalten? Ich meine Spencer ist doch erfahren. Er kennt sich doch in der Wildnis aus. Freiwillig bleibt er doch nicht weg." Sagte ich beklommen und erinnerte mich, was ich über die Indianer wusste. Sie sollten grausame Foltermetoden haben. Samuel spürte meine Angst. Er am zu mir geritten und griff meine Hand. Brutus wollte den Mann hacken, doch ein strenger Blick von Samuel und der Hahn zuckte zurück. „Es sind friedliebende Ureinwohner, Luise. Sie sind die letzten ihrer Rasse und bestimmt nicht auf Krieg aus. Sie kämpfen um ihr Überleben. Ich will sie fragen, ob sie etwas gesehen haben." Erklärte er dann geduldig. Das klang vernünftig, doch irgendetwas störte mich an seinen Worten. Und richtig. Ich sah die Besorgnis in seinem Gesicht, als jetzt eine Gruppe Indianer auf uns zu kam. Samuels Hand legte sich auf seinen Revolver. Mit einem Nicken wies er auf das Gewehr an meinem Sattel. Ich verstand und verlagerte mein Gewicht. So, dass ich schnell zugreifen konnte.

Jetzt hatten uns die Indianer erreicht und stoppten unseren Ritt. „Wir kommen in Frieden. Wir sind auf der Durchreise und vermissen drei Menschen." Sagte Samuel freundlich. Einer der Indianer beugte sich zu mir herüber. Neugierig auf meinen Hahn. Augenblicklich hackte Brutus los. Mit seinem

Schnabel erwischte er die Nase des Mannes und ließ sie nicht mehr los. Laut schreiend versuchte der Mann, Brutus abzuschütteln. Unter dem Gelächter seiner Freunde, wälzte er sich über den Boden. Ich pfiff und Brutus ließ von seinem Opfer. Laut, siegesgewiss, flatterte er zurück zu mir. Ein Raunen ging durch die Gruppe. So etwas hatten sie noch nie erlebt. „Wir wissen, wer ihr seid. Wir beobachten euch bereits seit Tagen. Es wäre uns egal gewesen, dass ihr hier vorbei zieht. Doch heute Mittag haben eure jüngsten Mitglieder etwas unverzeihliches getan. Sie sind auf unserem Totenplatz eingebrochen und haben die Ruhe unserer Vorfahren gestört. Die jungen haben die Grabbeilagen gestohlen. Und das auch noch geleugnet." Erklärte jetzt der Anführer der Gruppe finster. „Euer Anführer, der Mann der dein Bruder ist, hat die beiden gefunden. Die Jungen haben auch den Mann belogen. Jetzt haben wir die drei gefangen genommen. Bis wir ihnen den Prozess gemacht haben. Es ist ein schweres Verbrechen, unsere Toten zu stören. Die Jungen sind alt genug, um das zu wissen." Sagte er weiter als ich betroffen schwieg.

„Folgt uns, wenn ihr wollt. Ändern könnt ihr aber nichts an der Sache."" Der Mann wies auf das Lager, das jetzt vor uns erschien. Gut versteckt vor neugierigen Augen. Ich fragte mich, wie die frechen Jungen das hatten finden können. Sie sollten doch nur Holz für das Lagerfeuer sammeln. Andersherum zogen Jack und John Ärger magisch an, überlegte ich besorgt. Keine Ahnung, wie das hier enden sollte.

„Das ist eine schlimme Sache, Luise. Die Ruhe ihrer Toten ist den Indianern heilig. Da kommen die Jungen nicht so einfach davon." Flüsterte Samuel mir zu. Verstehend nickte ich nur. Brutus erregte eine Menge Aufmerksamkeit, als wir durch das kleine Lager ritten. Niemand der Menschen hier hatte je so einen großen Hahn gesehen, dachte ich schmunzelnd. Brutus hatte jetzt die freilaufenden Hühner des Stammes entdeckt und flatterte zu Boden. Sofort ging der Hahn seiner Lieblingsbeschäftigung nach, Weiber jagen. Der heimische Hahn verzog sich respektvoll. Er scheute den Kampf mit dem wesentlich größeren Brutus.

Ein Zelt öffnete sich und ich atmete erleichtert auf. „So weit ist es also mit seinem Beschütze Instinkt. Kaum kommen Weiber ins Spiel, wird das Monster dir untreu." Sagte Spencer und kam zu meinem Pferd. Grinsend betrachtete er meine Hosen und half mir dann absteigen.

8 Kapitel

„Indianerfreunde"

Voller Angst wanderte ich durch das kleine Indianerlager. Es war spät geworden. Immer noch beratschlagten die Männer über die Strafe der beiden Jungen. Spencer und ich durften Jack und Jim besuchen. Beide Jungen waren trotzig und unhöflich gegenüber ihren Bewachern. Von Reue oder Erkenntnis keine Spur. Wütend über ihre Gefangenschaft, warfen sie ihre langen Haare, die sie im Nacken zu einem Zopf geflochten hatten, zurück und spuckten auf den Boden. „Dumm gelaufen, dass man uns erwischt hat. Hatten einige gute Dinge zum Verkauf gefunden. Hätte Geld gebracht." Sagte Jack, der ältere frech. So, als würden ihn die indianer nicht verstehen. Spencer war mit seiner Geduld am Ende. „Ich sollte meine Verlobte nehmen und verschwinden! Euch eurem Schicksal überlassen! So was von respektlos! Ist euch klar, was ihr angerichtet habt?" Donnerte Spencer los. So laut, dass sich die Jungen die Ohren zuhielten. „Leider gehört ihr zu meinem Treck und ich trage die Verantwortung!"

Jetzt saßen Spencer und Samuel seit Stunden in Verhandlungen. Keine Ahnung, was herauskommen würde. Ich konnte nur abwarten. „Sie sind die Hühnerfrau." Wurde ich jetzt angesprochen. Ein älterer Mann, suchte mit seinem Stock nach mir. Er war blind, merkte ich verwundert. Lächelnd reichte ich dem Mann meine Hand und führte ihn zu einem umgefallenen Baumstamm. „Hühnerfrau, guter Name. Gefällt mir. Doch ich heiße Luise." Stellte ich mich vor. „Ihr Hahn soll ein richtiges Monster sein, sagte man mir. Ich habe so etwas schon mal gesehen, damals bei den Weißen. War eine schlimme Zeit." Erzählte der alte Mann freundlich. „Niemand hier interessiert sich noch für meine alten Geschichten. Es ist das Schicksal, wenn man alt und gebrechlich wird. Ich bin über jeden Menschen glücklich, der mit mir spricht." Er war wohl froh, jemanden zum Reden gefunden zu haben, überlegte ich. Und ich hatte Zeit, mehr als genug. „Ich höre gerne alte Geschichten. Irgendwann werde ich ein Buch darüberschreiben." Sagte ich freundlich. Der alte Mann strahlte glücklich. „Ich arbeitete damals für einen Rancher. Er versprach mir zwei Rinder, wenn ich seinen Zaun ziehen würde. Ein riesiges Grundstück. Viele Tage Arbeit für mich und meine Freunde. Doch ich brauchte die Rinder für mein Volk. Ich wurde fertig und verlangte meine Bezahlung. Doch der Rancher weigerte sich und jagte mich mit Gewalt von seinem Besitz. Er verspottete mich sogar noch." Erzählte der alte Mann aus seiner Vergangenheit. Er fuhr sich schwer über die blinden Augen. „In der Nacht holte ich mir das, was mir zustand. Mein Volk war am Verhungern, Hühnerfrau. Ich musste etwas tun. Der Rancher zeigte mich bei der Armee an und man jagte mich als Vieh Dieb. Kopfgeldjäger waren mir auf den Fersen, denn der gekränkte Rancher hatte eine Belohnung ausgesetzt. Zwei junge Männer, fast noch Kinder, fanden mich. Ich dachte meine letzte Stunde wäre angebrochen. Denn die beiden galten als eiskalt und brutal. Ihr Ruf war berüchtigt. Doch statt mich der Armee auszuliefern, hörten die beiden, sich ähnlich sehenden Männer, sich meine Geschichte an. Sie verurteilten mein Tun nicht. Ganz im Gegenteil halfen sie mir. Sie versteckten mich und sorgten dafür, dass man mich für tot hielt. Ich bekam ein Pferd von ihnen und genug Geld, dass ich Lebensmittel kaufen konnte. Das rettete vielen das Leben." Erzählte er weiter. „Das klingt ganz nach Spencer und Samuel." Murmelte ich nachdenklich. Der alte Mann drückte aufgeregt meine Hand. „Genauso hießen die beiden Männer. Woher weißt du das, Hühnerfrau? Ich habe sie nie wiedergesehen, da unser Volk verlegt wurde. In dieses kleine Reservat." Sagte er jetzt hastig. Ich zog den alten Mann vom

Baumstamm. „Die beiden sind hier. Und könnten und ihre Hilfe brauchen. Jetzt haben sie Gelegenheit, sich zu bedanken." Sagte ich flehend. Das Schicksal war uns gnädig. Vielleicht konnte die Geschichte des alten Mannes die Krieger milde stimmen. vielleicht hörten die wütenden Männer auf den alten Mann.

„Stunden später"

Das große Tippi öffnete sich und Spencer trat in die Dämmerung. Leise fluchend nahm er mich in die Arme und legte seinen Kopf schwer auf meine Schulter. „ Die Geschichte des alten Mannes hat echt geholfen, Luise. Die alten Krieger erinnern sich gut an die Zeit. Doch was sollen wir mit den Jungen tun? Sie haben Strafe verdient. Das ist klar. Die Indianer wollen die beiden am liebsten kastrieren. So wütend sind sie auf die beiden uneinsichtigen Bengel. Kein Wort der Reue, weder von Jack noch von John. Den beiden ist nichts heilig" Sagte Spencer verzweifelt.

Plötzlich stockte ich. Denn das stimmte nicht. Ich grinste zufrieden, denn ich wusste, was den Jungen wirklich wehtun würde. Entschlossen griff ich Spencers Hand und zog den Mann ins große Versammlungszelt. Dort sprachen die Männer leise und sehr ernst. Sie schwiegen, als ich mich räusperte. „Verzeiht, dass ich eure Zusammenkunft störe. Aber ich habe eine Lösung anzubieten. Nehmt den Skalp der Jungen." Sagte ich laut und hörte Jack und John aufschreien. Auch Samuel schluckte schwer. Doch Spencer hatte verstanden und grinste breit. „Beide Jungen lieben ihre langen Haare und machen einen Kult darum. Rasiert ihnen die Schädel und überbringt euren Vorfahren ihre Mähne als Wiedergutmachung und Kriegsbeute. Als Erinnerung an glorreiche Tage eures Volkes." Schlug ich vor. Lautes Gemurmel und Getuschel war die Folge. Endlich erhob sich der Häuptling und lächelte zufrieden. „Wir sind einverstanden, Hühnerfrau. Die Skalps der frechen Kinder für unsere Vorfahren." Sagte er und gab Zeichen, die Versammlung zu beenden. Jack und John wurden unter lautem Protest weggebracht. Beide Jungen schrien jetzt wie verrückt. Die Strafe traf beide Jungen wirklich. Doch das hatten beide verdient, dachte ich. Und besser die Haare als etwas anderes. Vielleicht lernte beide jetzt etwas Demut und Zurückhaltung vor dem Eigentum anderer Menschen. Jemand legte mir seine Hand auf die Schulter und riss mich aus meinen Gedanken. Dankbar kuschelte ich mich an Spencer. Beide schwiegen wir etwas, glücklich, das Problem gelöst zu haben.

„Wir müssen uns ein Tippi teilen, Hühnerfrau. Die Indianer glauben, dass wir Mann und Frau sind. Sie haben uns die letzten Tage anscheinend beobachtet." Sagte jetzt Spencer heiser und lachte, als ich hochrot anlief. „Du musst keine Angst haben, ich werde nichts tun, was du nicht auch willst. Doch ich begehre dich, das spürst du, oder?" Flüsterte Spencer mir zu. Verlegen nickte ich nur. „Wir sollten die anderen Frauen nicht so lange allein lassen, Spencer. Ich traue Getruds Gesundheit nicht und stell mir vor, was für Ärger Olga machen wird." Flüsterte ich zurück.

„Vergiss die beiden für heute, Luise. Heute zählst nur du. Ich möchte dich glücklich machen." Sagte er dunkel lachend. Ich sah nervös zur Seite. Samuel verschwand jetzt mit einer jungen Frau in eins der vielen Tippis. Der Mann blieb heute Nacht also auch nicht einsam. Mir fielen Karens Worte ein. Ein Mann brauchte Leidenschaft. Hätte Spencer sich auch eine Squaw gesucht, wäre ich hier nicht aufgetaucht? Auf diese Frage würde ich wohl keine Antwort bekommen, denn ich war ja hier und lag in Spencers Armen. Zitternd hob ich den Kopf und suchte seinen Mund. Verlegen küsste ich seine warmen Lippen. „Mach mich glücklich." Flüsterte ich erregt. Lächelnd nahm Spencer meine Hand.

Samuel weckte mich am nächsten Morgen. Er stand vor dem Tippi und rief mich. Verwundert sah ich mich um. Keine Spur von Spencer. Wann war der Mann aufgestanden? Warum hatte ich davon nichts gemerkt? Nun, nach dieser leidenschaftlichen Nacht war ich rechtschaffend müde gewesen, entschuldigte ich mich selbst. Bis heute Nacht hatte ich nicht gewusst, wie schön der Beischlaf sein konnte. Jetzt ahnte ich, wie Daniela meinen Bruder hörig machte. Schnell verscheuchte ich die düsteren Gedanken und freute mich auf Spencer. Ich wollte den Mann sehen, ihn sprechen. Ob es ihm genauso gut gefallen hatte, wie mir? Doch, vielleicht bereute er es auch. Vielleicht hielt er es für einen Fehler. Immerhin war unsere Verlobung ja nur „gespielt". Wir hatten nie über die Zukunft gesprochen. Jedenfalls nicht direkt. Meine gute Laune verflog augenblicklich. „Ich komme ja schon." Murmelte ich als Samuel erneut nach mir rief.

„Spencer ist bei den Jungen. Er redet auf sie ein, tapfer zu sein, wenn man ihnen die Haare abschneidet. Damit die Indianer Achtung vor uns haben. Das ist für unsere weitere Reise wichtig." Erklärte Samuel mir Spencers Verschwinden. Ich nickte verstehend. Diese Geschichte würde sich herumsprechen. Schneller als wir reisen konnten. Es war wichtig, einen halbwegs guten Ruf zu wahren. Denn wir würden unterwegs auf Hilfe angewiesen sein. Und dann konnten wir keinen Spott gebrauchen. „Spencer war heute Morgen sehr glücklich, Luise. Das erste Mal seit dem Tod seiner ersten Frau." Sagte Samuel jetzt freundlich und stolperte als ich plötzlich stehenblieb.

„Spencer war schon einmal verheiratet? Spencer hatte bereits eine Ehefrau=" Fragte ich mit kratzender Stimme. Meine Beine wurden weich und verweigerten ihren Dienst. Dieser zwanglose Satz von Samuel schockierte mich. „Ja, Spencer war bereits verheiratet, Luise. Hat er nicht mit dir darüber gesprochen? Das wusste ich nicht. Entschuldige, wenn ich da vorgegriffen habe." Sagte Samuel heiser und schwieg einen Moment, um mir Zeit zum Sammeln zu lassen. „Es ist meinem Bruder auf jeden Fall ernst mit dir. Sonst hätte er nicht das Bett mit dir geteilt. Spencer ist da sehr hart mit sich selbst. Eigentlich hatte er sich geschworen, nach Maggys Tod nie wieder zu heiraten, aber da kannte er dich noch nicht. Du hast seinen Panzer durchdrungen, Luise." Versuchte Samuel einen Scherz zu machen. Endlich löste sich meine Starre. Warum sollte ich auch mal einen glücklichen Moment auskosten können, dachte ich deprimiert. Menschen wie ich, hatten kein Glück verdient. Mit einem gespielten Lächeln folgte ich ihm zum Hauptplatz des Lagers. Dort traf ich auf zwei kahl rasierte, weinende Jungen und auf Spencer. Dem Mann, der mir seine erste Ehe verschwiegen hatte.

10 Kapitel

„Unheil"

Ich hatte Jack vor mir sitzen, während wir zurück zum Lager ritten. Sein Bruder saß bei Spencer. Das verhinderte ein privates Gespräch zwischen uns beiden. Dafür war ich sehr dankbar, denn Reden war das Letzte, was ich jetzt wollte. Samuel ahnte, dass er ein brisantes Geheimnis ausgeplaudert hate und ritt weit vor uns. Meinen Hahn vor sich sitzend. Brutus hatte sich bei Samuel in Sicherheit gebracht.

Außerhalb der Gefahrenzone dachte ich bitter. Denn Spencer hatte schon zu spüren bekommen, dass ich wütend und verletzt war. Er hatte mich heute Morgen küssen wollen, doch ich war energisch ausgewichen. Auf seine Frage warum hatte ich nur mit Maggy geantwortet. Seitdem herrschte Stille zwischen uns beiden. Wir gingen uns aus dem Weg. Auch, wenn ich Spencers intensiven Blick immer wieder spürte. Nach dieser wundervollen Nacht kam das böse Erwachen, dachte ich wieder. Spencer hatte mir gezeigt, wie schön der Beischlaf sein konnte. Nur, um mich mit einem Geheimnis aus seiner Vergangenheit tief zu verletzen. Fast kamen mir die Tränen. Mir, die selten nur weinte. Das letzte Mal als meine Mutter starb, erinnerte ich mich.

„Vater wird uns totprügeln, wenn er uns so kahl sieht. Unsere Haare waren sein ganzer Stolz. Oft hat er sie uns früher immer gewaschen und Mutter verboten, sie zu schneiden." Sagte jetzt Jack grummelnd und holte mich aus meinen Gedanken. „Euer Vater ist tot. Er kann euch nicht mehr schlagen. Du musst dich da nicht fürchten, Jack." Sagte ich fast mitleidig. Der Junge schüttelte seinen Kopf und weinte wieder. „Das stimmt nicht. Mutter möchte nur, dass das alle glauben. Unser Vater sitzt im Knast. Er hat im Suff jemand totgeschlagen. Hat zehn Jahre bekommen. Doch Mutter denkt, das er es schafft, früher rauszukommen. Deshalb hat sie sich scheiden lassen und sich diesem dämlichen Treck angeschlossen. Damit Vater uns nicht findet. John und ich wollten nicht mitfahren, aber was blieb uns denn übrig. Wir vermissen unseren Vater." Erzählte Jack jetzt und bereitete mir den zweiten Schock an diesem Morgen. Was, wenn es diesem Mann wirklich gelang, rauszukommen und er sich auf die Suche nach seiner Familie machte? Der Mann würde unberechenbar sein. Das bedeutete Gefahr für unseren Treck. Ich musste das mit den Brüdern besprechen, überlegte ich still. Doch erst einmal mussten wir unseren Treck wiederfinden.

Denn wir kamen zu spät. Der Lagerplatz, an dem wir die anderen Frauen gestern zurückließen, war verwaist. Keine Wagen, keine Pferde, keine Frauen, die auf uns warteten. Selbst Spencers und auch mein Fuhrwerk waren verschwunden. Brutus flatterte aufgeregt herum und suchte seine Lieblingshenne. Laut krähend rief er nach seiner Frau. „Die ganze Nacht andere Hennen besteigen und jetzt nach Frauchen rufen. Du bist mir einer." Scherzte Samuel, doch niemand von uns lachte. „Du hast Karen doch gesagt, dass sie warten sollen. Bis heute Mittag. Das war eine klare Anweisung. Ich verstehe es nicht." Sagte ich besorgt. Spencer antwortete mir nicht. Das hatte ich auch nicht erwartet. Er stieg von seinem Pferd und untersuchte die Feuerstelle. Das Einzige, was vom Lager übriggeblieben war. „Kalt, sie müssen bereits in den Morgenstunden weitergezogen sein. Das ergibt keinen Sinn. Wir werden den Wagenspuren folgen. Zu Pferd sind wir schneller. Bis Einbruch der Nacht werden wir sie eingeholt haben, das hoffe ich jedenfalls." Sagte Spencer und stieg wieder auf sein Pferd. Ohne ein Wort an mich, ritt er weiter. Ab und zu hielt Spencer und untersuchte den

Boden. Dann hob er seinen Kopf und wies auf eine dunkle, bedrohlich wirkende Gewitterfront. „Ich befürchte die Frauen sind direkt in das Unwetter gefahren. Das ist der Weg in die nächste Stadt. Wenn man das denn Stadt nennen kann." Sagte er besorgt. Sein sorgenvoller Blick streifte mich und zeigte mir, dass er über vieles nachdachte. Zeit, etwas einzulenken. Ich war doch sonst kein so launischer Mensch. Vielleicht hatte Spencer ja einen Grund, mit mir noch nicht über Maggy zu sprechen. Warum war ich also so verletzt? War ich etwa eifersüchtig? Nein, das konnte nicht sein, dachte ich und wurde regelrecht rot. Zum Glück sah keiner der Brüder. Schweigend setzten wir unseren Weg fort.

Gegen Mittag pausierten wir etwas. Unsere Pferde mussten sich ausruhen. Beide Jungen waren erschöpft eingeschlafen, nachdem Spencer das letzte Trockenfleisch verteilt hatte. Zum Glück hatte ich unsere Wasservorräte im Reservat aufgefüllt. „Luise und ihr Wasser." Scherzte Samuel dankbar und ging davon, sich um die Pferde und

Brutus kümmern. Ich blieb mit Spencer allein zurück. Der Mann, der mich noch in der vergangenen Nacht in seinen Armen hielt, blieb jetzt unsicher vor mir stehen. „Maggy war meine erste Frau." Sagte er dann heiser. Es schien ihm unangenehm, darüber zu reden. „Das habe ich mir nach Samuels unbedachter Bemerkung gedacht." Sagte ich nur und beobachtete meinen Hahn. Brutus suchte nach Würmern in der feuchten Erde. Hier hatte es bereits ordentlich geregnet, überlegte ich. Mein Blick wanderte zu den tiefdunklen Gewitterwolken, denen wir uns näherten. Was würde uns am Fuße der Berge erwarten? Das fragte ich mich besorgt. „Ich rettete Maggy damals aus den Fängen eines brutalen Mädchenhändlers. Ihre Eltern hatten das siebzehnjährige Mädchen an den Mann verkauft. Aus Dankbarkeit ist Maggy bei mir geblieben und irgendwann haben wir geheiratet. Es war keine Liebe, Luise. Eher eine Freundschaft. Maggy hatte zu viel mitgemacht, als dass sie Liebe geben konnte. Ich will dich nicht mit Einzelheiten erschrecken. Tagsüber war sie fröhlich und vergnügt, fast albern. Aber sie hasste es, wenn ich abends ihr Schlafzimmer aufsuchte. Ich bin ein gesunder Mann mit Bedürfnissen, Luise. Doch es macht keinen Spaß, wenn deine Partnerin die ganze Zeit dabei weint." Erklärte Spencer ehrlich und das wie ich zusammenschrak. Denn als er mich gestern deflorierte, lief mir auch eine Träne über die Wange. Eine Träne, die er sanft fortgewischt hatte. Er schien zu ahnen, woran ich dachte und griff nach meiner Hand. „Das gestern war etwas anderes. Das erste Mal tut es der Frau immer weh, das wird aber nie wieder der Fall sein. Unsere Nacht war wunderschön, leidenschaftlich und erfüllend. Ich bedaure, dass sie so enden musste. Ich hätte den Mut haben sollen und dir früher von Maggy berichten. Vor drei Jahren kamen Samuel und ich aus der nächstgelegenen Großstadt Heim. Wir hatten Vorräte für den Winter gekauft. Da war Maggy tot. Man sagte mir, dass unser Nachbar sie eines Tages tot in ihrem Bett fand. Keiner konnte etwas Genaues sagen. Maggy war bereits beerdigt worden. Ich mache mir schwere Vorwürfe deswegen, Luise. Wir hatten große Probleme, nicht nur wegen des Beischlafs.

Ich war frustriert. Es war meine Schuld, dass sie starb. Denn trotz allem hätte ich Maggy nicht allein lassen dürfen. Aber ich sehnte mich nach richtigem, leidenschaftlichem Beischlaf und bin mit in die Stadt geritten. Um das mal wieder zu erleben. Während ich Maggy betrogen habe, starb sie Zuhause." Erklärte Spencer mir jetzt. „Ich schwor mir, nie wieder zu heiraten. Bis ich dich traf. Du hast mich vom ersten Blick an fasziniert. Das tapfere Fräulein Lehrerin. Die Frau in den altmodischen Kleidern und dem selbstbewussten Mundwerk." Setzte er leise hinzu.

„Und auch mich musstest du retten. Vor meinem Bruder und seiner Verlobten." Sagte ich lächelnd. Ich küsste Spencers kalten Lippen. Hatte ich mir zu Anfang der Reise nicht geschworen, nach vorn, in die Zukunft zu blicken? Maggy war Vergangenheit und sollte dort auch bleiben, dachte ich entschlossen. „Jack hat mir etwas sehr Merkwürdiges erzählt, Spencer." Sagte ich atemlos, als er den Kuss endlich beendete. Gerade wollte ich Jacks Worte wiedergeben als Brutus laut zu Krähen begann. Ein Reiter näherte sich uns schnell.

„Geh, beschütze die Kinder, Luise. Ich werde zu Samuel laufen und den Reiter abfangen. Ich will kein Risiko eingehen." Befahl Spencer und reichte mir seinen Revolver. So ein Teil hatte ich das erste Mal in den Händen. Unsicher drehte ich es hin und her. Bisher hatte ich nur Erfahrung mit Gewehren sammeln können, dachte ich etwas ängstlich. Doch die Jungen brauchten meinen Schutz. Also tat ich meine Pflicht. Zum Glück schliefen beide und machten keinen Ärger. Während Spencer und Samuel den unbekannten Reiter abfingen, setzte ich mich zu den Kindern. Ich beneidete die beiden um ihren Schlaf. Auch ich war müde, kein Wunder nach der leidenschaftlichen Nacht und dem aufregenden Vormittag, dachte ich gähnend. Ein Geräusch ließ mich den Revolver heben, doch es war zum Glück Spencer. „Der Reiter ist Karen, Luise. Du solltest dir anhören, was sie zu berichten hat." Sagte er leise. Schwer seufzend half er mir hoch. Er hielt meine Hand, als wir Karen entgegen gingen. Meine Freundin sah die vertrauliche Geste und lächelte eine Sekunde. Dann wurde sie wieder ernst. Tränen waren in ihren Augen. „Du lebst, was für ein Glück, Luise. Du und Samuel wart gestern Vormittag gerade fort, da tauchten zwei fremde Reiter auf. Sie behaupteten, aus der nächsten Stadt zu sein. Doch so sahen sie nicht aus, das merkte ich sofort. Sie erzählten eine wirre Geschichte. Das ihr alle tot seid. Ermordet von den Indianern. Sie machten den Frauen mächtig Angst. So, dass alle beschlossen, wegzufahren und den Männern in die Stadt zu folgen. Ich war gezwungen, mitzufahren. Was blieb mir denn übrig. Die Männer brachten uns zum Fuße der Berge. Dort raubten sie uns aus. Mit vorgehaltener Waffe durchsuchten sie alle Wagen. Sie wussten genau, wonach sie suchen mussten. Jemand hatte es den Männern verraten. Schnell wurde klar, dass es Olga gewesen war. Sie hatte sich nur aus diesem Grund dem Treck angeschlossen. Ihre Intrigen dienten nur der Ablenkung. Olga verschwand mit den Männern, unseren Wertsachen und den Pferden. Nur das eine hier ist uns geblieben, es hat sich losgerissen und kam zurück." Jetzt kullerten dicke Tränen über Karens Wange. „Wir saßen fest. Zu allem Unglück ging das Unwetter los. Eine Schlammlawine vom Berg überrollte unser provisorisches Lager und begrub drei Fuhrwerke unter sich. Zwei Frauen starben, da sie nicht schnell genug fliehen konnten. Gertrud, die Mutter der Bengel, ist eine davon. Die beiden sind jetzt Vollwaisen. Die armen Kinder." Berichtete Karen weinend weiter. Schockiert nahm ich meine Freundin in die Arme. „Ich befahl den anderen Frauen, die beiden zu beerdigen und machte mich auf die Suche nach Hilfe. Zum Glück fand ich euch." Sagte sie heiser weiter.

„Olga erzählte uns von dem indianer Friedhof, Miss Carter. Ohne ihre Beschreibung hätten Jack und ich den Ort nie gefunden." Sagte plötzlich John hinter mir. Er wischte sich eine Träne von der schmutzigen Wange. „Meine Mutter ist also tot? Dann kann mein Alter sie nicht mehr quälen. Ich geh und erzähle es Jack." Sagte der Junge und schluckte seine Tränen herunter. Ich kannte seinen Gesichtsausdruck. Das Kind war plötzlich erwachsen geworden. So, wie ich damals.

11 Kapitel

„Verluste"

Es bot mir ein Bild des Grauens, als ich das Lager der Frauen erreichte. Spencer hatte mich mit den Jungen dorthin geschickt. Er war mit Samuel auf dem Weg die Diebe und Mörder zu suchen. Denn die Männer und Olga waren am Tod der beiden Frauen verantwortlich. Ich machte mir Sorgen um Spencer. Auch, wenn er und sein Bruder bekannte Kopfgeldjäger gewesen waren, so war mit den Verbrechern nicht zu scherzen. Das befürchtete ich. Und die Brüder waren lange aus dem Geschäft, das war nicht zu leugnen. Bestimmt waren sie nicht mehr so schnell wie früher. Besser, ich wäre mitgeritten, dachte ich immer wieder.

Ein Raunen ging durch das Laer als wir abstiegen. Karen setzte den sehr schweigsamen Jack ab und führte ihr Pferd zum Wassereimer. „Ich habe die drei gefunden. Es waren alles Lügen, die uns aufgetischt wurden. Aber auf mich wollte ja niemand hören. Spencer und Samuel sind jetzt los, die Verbrecher suchen. Bis dahin sind wir auf uns gestellt. Machen wir das Beste daraus." Rief Karen bitter in die Runde. Keine der anderen Frauen antwortete. Jede von ihnen starrte auf die kahlen Köpfe der Jungen. Zeit etwas zu sagen, dachte ich. „Führt die Jungen zum Grab ihrer Mutter. Damit sie sich verabschieden können. Danach werden wir die Wagen aus dem Schlamm bergen. Retten, was geht. Wir müssen warten. Etwas anderes geht nicht." Befahl ich energischer als ich mich fühlte. Ich sah zu Brutus, der sich auf einen der Wagen setzte und laut, zustimmend, krähte.

Den ganzen Tag über zerrten wir die völlig verdreckten Wagen aus dem Dreck. Vier Wagen waren unbrauchbar. Wir räumten sie leer und verteilten die Sachen auf die übrigen Fuhrwerke. Überraschenderweise halfen beide Kinder anstandslos. Beide Jungen schleppten und halfen der schwangeren Sally, ihr Eigentum zu retten. Ihr Fuhrwerk war völlig zerstört worden. Ein Wunder, dass die junge Frau in ihrem Zustand lebend daraus kam. Ich überließ Sally meinen Wagen und brachte meine Sachen in Spencers Fuhrwerk. Einige Frauen rümpften ihre Nase. Doch Karens strenger Blick ließ alle schweigen. Niemand wagte eine dumme Bemerkung, das spürte ich. Gegen Abend verteilte ich Kaffee und die letzten Brote wurden gegessen. Dann wurde die Schlaffrage geklärt.

Jack und John würden bei Sally schlafen. Dann hatte die Frau die Kinder unter Beobachtung und die beiden konnten uns wecken, wenn bei Sally die Wehen einsetzten. Das war eine gute Lösung. Leider klappte es nicht überall. Zwei Frauen stritten sich so sehr, dass ich sie wieder trennen musste. Jetzt schlief die eine im Proviantwagen. Anders ging es nicht. Ich legte mich völlig erschöpft in Spencers Wagen und zog mir seine Decke bis ans

Kinn. Alles war von den heftigen Regen klamm. Doch besser als nichts, dachte ich leicht fröstelnd. Ich kämpfte mit den Tränen. Aus Angst vor der Zukunft. Was würde jetzt passieren? Fanden Spencer und Samuel die Verbrecher und kamen siegreich zurück? Was würde werden, wenn den beiden etwas zustieß? Vielleicht wurden beide erschossen. Und niemand wusste, dass wir warteten. Meine Angst ließ mich, trotz Müdigkeit, nicht schlafen.

Die Plane bewegte sich und ein Kinderkopf war zu sehen. John kam still zu mir geklettert. Er suchte mich und atmete auf als er sah, dass ich noch wach war. „Kannst du auch nicht schlafen, Kleiner?" Fragte ich freundlich. Ich ahnte, was dem Kind Sorgen bereitete. John nickte und kämpfte mit den Tränen. Das erste Mal, seit dem Tod seiner Mutter, sah ich eine Gefühlregung bei dem Kind. „Was passiert mit uns, Miss Carter? Ich meine, Jack und ich sind jetzt Waisen. Unser Vater sitzt im Knast und kommt erst in zehn Jahren raus. Wir haben niemanden mehr. Kommen wir jetzt ins Heim?" Fragte er mich leise. Die Tränen kullerten über seine Wange als ich nicht gleich antwortete. Ich erinnerte mich an Spencers Erzählung über seine Kindheit. „Manchmal werden Jungen für die Farmarbeit gebraucht und kommen dann zu den Besitzern. Dort helfen sie und bekommen Nahrung und alles andere." Erklärte ich dem weinenden Kind. Was sollte ich auch weiter sagen, überlegte ich. Ich verschwieg lieber Spencers Geschichte, um dem Jungen keine Angst zu machen. Davon hatte er schon genug.

„Bitte, Miss Carter. Lassen sie uns bei ihnen bleiben. Wir können tüchtig arbeiten. Und wir sind sehr gehorsam. Diese ganzen Streiche haben wir nur gemacht, weil wir nicht wegwollten von zuhause. Mister Tracy hat eine große Ranch, das wissen wir. Er kann Hilfe gebrauchen. Reden sie bitte mit dem Mann. Auf sie wird er hören." Bettelte John jetzt flehentlich. Es zerriss mir fast das Herz. Ich dachte wieder an Spencer und Samuels Schicksal und schwor, das den beiden Kindern zu ersparen. Notfalls würde ich die beiden adoptieren, schwor ich mir still. „Ich werde mit den Brüdern sprechen. Aber erst müssen sie wieder hier sein. Bis dahin brauche ich eure Hilfe bestimmt sehr." Versprach ich den Jungen. Endlich versiegten seine Tränen und ein schmales, verlegenes Lächeln erschien auf seinem Gesicht. „Wir werden ihnen helfen. Versprochen. Sie können sich auf uns verlassen." Sagte er und kletterte aus dem Wagen. Ich war wieder allein. Furchtbar allein. Ich vermisste jetzt Spencer. Einen Mann, den ich vor drei Wochen nur vom Sehen auf dem täglichen Schulweg kannte. Und jetzt war ich verlobt mit ihm und hatte den Beischlaf vollzogen. Das alles hätte ich mir vor einigen Wochen nie träumen lassen, überlegte ich still. Ich vermisste den Mann, dass musste ich mir eingestehen. Hatte ich etwa Gefühle für Spencer entwickelt? Das wollte ich besser nicht weiterdenken, dachte ich seufzend. Hoffentlich passierte den Männern nichts. Niemand wusste, dass wir festsaßen. Niemand, außer Spencer und Samuel.

Am dritten Tag des Wartens, kippte die Stimmung im Lager. Die gemeinsamen Lebensmittel neigten sich dem Ende und ich befahl, die privaten Vorräte zusammen zu tragen. Viele der Frauen weigerten sich, ihre Vorräte zu teilen. Es kam zu lautstarken Auseinandersetzungen. Besonders Molly mc. Gee schrie und verstellte mir den Weg zu ihrem Fuhrwerk. „Ich werde nichts abgeben! Es gehört alles mir! Wer weiß, wann und ob die Männer zurückkommen! Vielleicht haben sie ja die Schnauze voll und sind abgehauen! Dann verhungern wir hier. Ich brauche meine Lebensmittel allein." Schrie die Frau aufgebracht. Sie stand kampfbereit vor ihrem Wagen. Einen dicken Knüppel als Waffe in den Händen. Unsicher stand ich vor der molligen Frau, nicht wissend, was ich tun sollte.

„Der Wagen ist leer. Nichts mehr zu essen!" Rief jetzt Jack frech hinter Molly mc. Gee. Beide Jungen waren heimlich, während des Streits, in den Wagen geklettert, um nach Lebensmitteln zu suchen. „Kein Wunder, dass die Frau sich weigert, uns ihren Wagen zu zeigen, Miss Carter." Meldete sich jetzt John zu Wort. Wütend befahl ich den Kindern, vom Wagen zu klettern. Wütend auf Molly mc. Gee. Nicht auf die Jungen, die mir nur helfen wollten. Das bewies ich, indem ich die Kinder beschützend hinter mich schob als Molly sie greifen wollte. „Dann wurde ich beraubt! Bestimmt waren es die beiden Waisenkinder hier! Bei Sally haben sie doch auch schon geklaut." Log die mollige Frau jetzt dreist. Das reichte mir. Ich hasste falsche Beschuldigungen. „Du lügst, Molly. Und das miserabel. Du hast zu wenig mitgenommen und es bereits aufgegessen. Dabei wurde jeden Tag reichlich gekocht, es hat immer gereicht. Jeder bekam seine Portion. Niemand musste hungern. Das wird jetzt passieren. Denn wenn jemand es übertreibt, leiden die übrigen." Sagte ich bitter.

„Dann soll Molly zusehen, wo sie etwas zu Essen herbekommt. Unser Essen teilen wir nicht." Sagte jetzt eine der anderen Frauen. Zustimmend wurde genickt. Jetzt sah ich Tränen   in Mollys Augen. Verzweifelt wrang sie ein Tuch in den Händen. Unsicher schloss ich meine Augen. Wie sollte ich diese verfahrene Situation retten? „Wir haben oft gehungert, Miss Carter. Wir werden unsere Portionen mit Mrs.mc. Gee teilen." Meldete sich unverhofft John zu Wort. Beschwörend sah das Kind die anderen Frauen an. Niemand sagte etwas darauf, stillschweigend wurden die letzten Lebensmittel zusammengetragen. Das würde ungefähr drei Tage reichen, überlegte ich besorgt.

Plötzlich krähte Brutus markerschütternd. Das konnte nur eines bedeuten. „Zu den Waffen!" Befahl ich. Denn jetzt kündigte eine Staubwolke Besucher an. Hoffentlich waren es Spencer und Samuel, bete ich. Doch es konnten auch die Verbrecher sein, die zurück kamen um uns auch den Rest zu rauben. Oder schlimmeres vorhatten. Jedenfalls mussten wir auf alles gefasst sein. Deswegen war ich froh, dass sich vier der Frauen mit   ihren Gewehren zu mir stellten. Gemeinsam gingen wir den Ankömmlingen mutig entgegen.   Die restlichen Frauen verschanzten sich hinter den Wagen. Bereit, sich zu verteidigen, sollte uns fünf Frauen etwas zustoßen. Brutus kam und baute sich in voller Größe vor mir auf. Der Hahn krähte wieder laut. Seine Art, mich zu beschützen, dachte ich nervös. Doch dann erhob sich Brutus in die Luft und flatterte den Ankömmlingen aufgeregt entgegen. Zielsicher landete er auf dem Sattel eines der Reiter. Das tat der Hahn nur bei einer weiteren Person. Außer mir natürlich. „Entwarnung! Es sind Spencer und Samuel!" Rief ich erleichtert. Glücklich lief ich den Reitern entgegen.

Spencer löste sich aus der Gruppe und stoppte sein Pferd vor mir. Der Mann sprang aus dem Sattel und zog mich in seine Arme. Überglücklich erwiderte ich den leidenschaftlichen Kuss. Endlich war er wieder hier, dachte ich mit Tränen in den Augen. Ich sah Samuel und Hauptmann Hallmann an uns vorbei reiten, die fehlenden Pferde an langen Stricken führend. „Das hat lange gedauert, Spencer Tracy. Fast wäre es hier zu einer Meuterei gekommen." Sagte ich streng. Doch mein glückliches Lächeln verriet mich. Spencer schloss einen Augenblick seine Augen, so als müsste er überlegen, was er sagen sollte. „Entschuldige, aber es dauerte, bis wir alle Pferde wieder zusammen hatten. Die Verbrecher hatten sie bereits der Armee verkauft. Zum Glück half uns der Hauptmann." Erklärte er dann heiser. „Und die Verbrecher und Olga?" Fragte ich neugierig. Spencer zuckte nur mit den Schultern. Ich bekam nie eine Antwort auf diese Frage. Beide Brüder schwiegen sich aus. Auch als sie uns unsere Wertsachen wiedergaben, schwiegen beide. Beide Männer hatten uns alles wiedergebracht. Niemand stellte eine rage deswegen.

12 Kapitel

„Zusammenleben"

Spencer lächelte schmal, als er meine Sachen in seinem Wagen vorfand. Doch er verkniff sich eine Bemerkung darüber. Dafür war ich dem Mann dankbar. Denn der Grund, warum ich in seinem Wagen schlief, war traurig genug, dachte ich wieder und erinnerte mich an die Jungen. Ich musste mit Spencer reden. Die Gelegenheit ergab sich allerdings erst spät Abends, als ich eng an Spencer gekuschelt in unserem engen Bett lag. Es war immer noch ungewohnt für mich, ein Lager mit ihm zu teilen. Dementsprechend war ich nervös du konnte nicht schlafen. Immer wieder hörte ich, wie Spencer erschöpft einnickte. „Du solltest endlich etwas schlafen, Luise. Morgen wird ein anstrengender Tag. Wir müssen morgen die Bergkette überqueren. Die müssen wir an einem Stück schaffen, pausieren können wir unterwegs nicht. Da brauchst du deine Kraft." Erklärte Spencer geduldig, als ich ihn das dritte Mal weckte. Verlegen drehte ich mich zu hm und suchte seine Augen in der Dunkelheit. Dann holte ich tief Luft. „Es sind die Jungen, Spencer. Ich versprach ihnen, mit dir zu reden. Sie möchten bei uns bleiben. Sie fürchten sich. Sie wissen, was sie im Heim erwartet. John versprach, für dich zu arbeiten und sich zu benehmen. Die letzten Tage haben sie mir gut geholfen." Erklärte ich meine Unruhe. Spencer grunzte leise. „Ich habe es bereits mit Samuel besprochen.

Auch er ist dafür, die Kinder bei uns aufzunehmen. Unsere Kindheit soll sich nicht wiederholen, das sagte er." Flüsterte Spencer dunkel. „Du weißt, dass du dir da eine Menge Arbeit aufbürdest, oder?" Fragte er dann und wartete, bis ich nickte. „Ich weiß etwas, dass dich schnell schlafen lässt." Flüsterte dann verführerisch und beugte seinen Kopf über mich. Schlagartig vergaß ich alle Ängste und Sorgen.

Ich war gerade erschöpft eingeschlafen, als lautes Klopfen an einer Wagenwand mich aufschreckte. „Miss Carter. Es geht los. Sally hat starke Schmerzen und sagt, dass das Baby kommt. Sie verlangt nach ihnen und stöhnt furchtbar laut." Flüsterte Jack aufgeregt laut. Wieder klopfte er an den Wagen. „Verflucht" stöhnte jetzt Spencer. Ich wusste nicht, ob er fluchte, weil das Baby kam, oder er befürchtete, dass Jack uns belauscht hatte. Immerhin waren wir sehr leidenschaftlich gewesen. Ich wurde feuerrot. Doch dann besann ich mich und suchte in der Dunkelheit nach meiner Kleidung. „Ich bin wach und komme sofort. Lauf und wecke Karen. Die Frau hat Erfahrung mit Entbindungen." Befahl ich dann unterdrückt. Ich hörte den Jungen davonlaufen. Erneut fluchend griff Spencer seine Hose. „Das hat uns gerade noch gefehlt. Morgen dieser gefährliche Aufstieg und jetzt muss ausgerechnet das Baby kommen. Es war ein Fehler, Sally mitzunehmen." Schimpfte er leise. Beruhigend legte ich ihm meine Hand auf den Arm. „Das denke ich nicht, Spencer. In unserer kleinen Stadt wäre sie mit ihrem Kind eine Ausgestoßene gewesen. Dort toleriert man keine ledigen Mütter. Und das bekommen wir hin. Karen und ich kümmern uns um Sally, ihr Männer kümmert euch um die Weiterreise." Befahl ich dann entschlossen. Ich musste meinem Mann helfen, dachte ich. Spencer konnte nicht alles allein planen und regeln. Spencer sollte merken, wie belastbar ich sein konnte.

„Geh raus und helfe deinem Bruder, das Feuer wieder zu entfachen. Seid aber leise, ihr müsst nicht das ganze Lager wecken." Hörte ich Karens Stimme aus Sallys Wagen sagen. Ich sah John rausklettern und in der Dunkelheit verschwinden. „Wo bleibt Luise? Ich brauche Luise." Hörte ich jetzt Sallys angsterfüllte Stimme sagen. „Ich bin hier, Sally. Keine Angst, wir werden die helfen." Sagte ich leise und hoffte, dass Karen wirklich wusste, was zu tun war. Denn für mich war es die erste Geburt. Eine Wehe überrollte den schmalen Frauenkörper und ließ Sally schmerzerfüllt stöhnen. „Sally macht es gut, das Kind liegt auch richtig. Doch sie hat sich noch nicht weit genug geöffnet. Das dauert also noch." Erklärte mir Karen leise. Sie wies auf Sallys Unterleib. Ich schluckte schwer, denn diesen Anblick kannte ich nicht. Ich wusste natürlich wie eine Geburt vonstattenging. Bei unseren Tieren auf der Ranch hatte ich es oft beobachten können. Manchmal mussten wir helfen, wenn die Kälber verkehrt lagen. Doch bei einer Frau sah ich es das erste Mal. „Sieh dich vor, Luise. Das hier sind die Folgen des schönen Spiels zwischen Mann und Frau." Scherzte Karen leicht sarkastisch. Hochrot schwieg ich nur. Denn darüber hatte ich nicht nachgedacht, vorhin in Spencers Armen.

Völlig gefangen in dem erotischen Beischlaf. Spencer war ein erfahrener Liebhaber, dachte ich still und schloss verlegen meine Augen.

Die Stunden zogen sic zäh dahin. Unterbrochen nur von den heftiger werdenden Wehen. Gegen Tagesanbruch brachte Spencer uns Kaffee. Samuel und er hatten die anderen Frauen geweckt und begonnen das Lager abzubauen. Hauptmann Hallmann hatte seine Hilfe angeboten. Er hatte Urlaub und wollte uns begleiten. Die Männer hatten beschlossen, die Wagen einzeln über den gefährlichen Bergrücken zu fahren. Das bedeutete bei noch sechszehn Fuhrwerken den ganzen Tag. Doch so war es das sicherste, sagte Spencer streng. Stürzte einer der Wagen in die Schlucht, wurde kein anderer mitgerissen. Die Pferde bekamen Scheuklappen, so etwas sah ich das erste Mal. Samuel brachte die Wagen einzeln den Berg hoch, dort nahm Spencer sie in Empfang und brachte sie auf der anderen Seite runter. Hauptmann Hallman half, wo er konnte. Er fasste überall tatkräftig mit an. Ab und zu, schaute der Mann zu uns herein, um sich nach Sally zu erkunden. Unser Fuhrwerk war das letzte, das den Berg überqueren sollte, das verschaffte uns etwas Zeit. „Wie lange dauert es noch?" fragte jetzt der Hauptmann besorgt. Sein sorgenvoller Blick heftete sich auf die wimmernde Sally. „Nicht mehr lange, William. Ich kenne das von meiner Mutter. Sie hat bereits elf Kinder geboren. Wenn meine Mutter so wimmerte, dauerte es nur noch Minuten." Sagte Wendy jetzt altklug. Das Mädchen hing über den Wagenrand und presste ihren Körper an den Hauptmann. Direkt schamlos, musste ich denken. Es war dem Mann unangenehm, das konnte ich sehen. „War dein Wagen nicht bereits dran, Wendy? Solltest du nicht schon drüben sein?" Fragte ich schärfer als beabsichtigt. Doch das unangebrachte Veralten des jungen Mädchens nervte mich. War das meine Schuld? Hatte Spencer mich nicht gebeten, ein Auge auf das junge Mädchen zu haben? Das hatte ich in den letzten Tagen versäumt, dachte ich beschämt. Das rächte sich jetzt anscheinend.

Ich wusste doch, dass Wendy für den Hauptmann schwärmte. „Ich habe meinen Platz mit Zentia getauscht. Damit ich dem Hauptmann hier helfen kann. William kann Hilfe gebrauchen." Erklärte Wendy wichtig und betonte den Vornamen des Hauptmannes. „Das wusste nicht! Deswegen war Spencer vorhin so wütend! Das ergibt Sinn. Der Mann hat sich etwas gedacht bei seiner Reihenfolge." Schimpfte jetzt Hauptmann Hallmann los. Ärgerlich befreite er seinen Arm von Wendy. „Das ist doch Blödsinn. Ob ich eine Stunde früher oder später fahre." Verteidigte sich Wendy jetzt etwas leiser, wissend, dass sie einen Fehler gemacht hatte. Und dass sie Ärger am anderen Ende der Bergkette erwartete. Spencer würde das Mädchen mächtig zusammenstauchen. „Streitet euch woanders. Das Baby kommt jetzt. Jetzt kann Sally das nicht gebrauchen." Mischte sich Karen ein. Wütend zerrte der Hauptmann Wendy vom Wagen, während das Baby sich auf die Welt kämpfte.

Angsterfüllt saß ich neben Spencer auf dem Kutschbock. Neben mir ging es steil bergab. Hinter uns lag Sally, ihren Sohn glücklich in den Armen. Zum Glück konnte sie den steilen Abgrund nicht sehen. Mehr als einmal hatte ich das Gefühl, abzustürzen. Die Räder des Fuhrwerks rutschten gefährlich. Jetzt hatte es zu Regnen begonnen und machte den Untergrund schmierig. Ich unterdrückte oft einen Aufschrei, wenn Spencer den Wagen wieder abfing. Er hatte vorgeschlagen, dass ich dem Fuhrwerk zu Fuß folgte, doch ich wollte an seiner Seite bleiben. Nichts brachte mich hier fort, dachte ich entschlossen. Spencer musste wissen, dass ich für ihn da war. Er sollte spüren, das mein Herz für ihn schlug.

Meine Lippen waren blutig gebissen, als wir endlich das Tal erreichten. Überglücklich fiel ich Spencer um den Hals. Erschöpft stoppte er und wies hinter uns. Sally war während der Fahrt erschöpft eingeschlafen. Ohne Wissen, was für ein Abenteuer sie gerade erlebt hatte. Das ließ mich kichern, dann Lachen. Die gewaltige Anspannung wich von mir. Ohne die neugierigen Blicke der anderen zu beachten, küsste Spencer mich leidenschaftlich. „Sie waren sehr, sehr mutig, zukünftige Mrs. Tracy. Das gefällt mir" Flüsterte er mir ins Ohr. „Keine Verluste, das ist gut. Lass uns das Lager suchen. Der Regen wird immer schlimmer. Und dann muss ich mit Wendy sprechen." Sagte er dann ernster. Verstehend nickte ich. „Das dumme Mädchen hat sich verrannt. Sie hat sich anscheinend in den Hauptmann verliebt. Das ist nicht gut. Hallmann hat kein Interesse an ihr." Sagte ich besorgt. Dann holte ich tief Luft. „Was macht der Hauptmann eigentlich noch hier? Muss er nicht zurück zu seiner Truppe?" Fragte ich neugierig. Das interessierte mich wirklich. „William hat seine zehn Jahre herum. Sein Dienst endet im nächsten Monat. Jetzt ist er freigestellt. Um sich zu überlegen, seine Abfindung zu nehmen und etwas anderes zu machen, oder sich weitere zehn Jahre zu verpflichten. Er hat spontan beschlossen, uns zu begleiten. Um in Ruhe nachzudenken. Ich bot dem Mann ein Stück Land an. Dort kann er sich niederlassen, wenn er will. Das will

Willam sich anschauen." Erklärte mir Spencer und legte seinen Finger auf meine Lippen. Ich sollte darüber schweigen, ich verstand.

Erleichtert fuhren wir in das aufgebaute Lager. Eine heiße Suppe köchelte über dem Lagerfeuer. Ich füllte schnell einen Teller und brachte ihn Sally. Sie musste nach der anstrengender Geburt Hunger haben, überlegte ich still. Ich sah Spencer mit Wendy etwas abseits stehen, immer in Sichtweite des Lagers, unterhielt er sich ernst mit dem Mädchen. Er wollte damit unnötige Gerüchte vermeiden, dachte ich zufrieden. Spencer war wirklich ein kluger Mann. Mein Mann, überlegte ich mit klopfenden Herzen. Während Sally dankbar die Suppe löffelte, beobachte ich Spencer und Wendy. Irgendetwas musste Spencer gesagt haben, Wendy schrie jetzt empört auf und raffte ihre Röcke. Weinend rannte sie zu ihrem Wagen. Fluchend, die Hände tief in den Taschen, kam Spencer auch zum Lager zurück.

Selma, Olga und jetzt Wendy. Konnte es denn keinen Tag ohne verrückte Frauen geben? Wir waren jetzt nur noch fünfundzwanzig Frauen, warum musste davon immer eine außer der Reihe tanzen? Das fragte ich mich in diesem Augenblick. Zweifelnd nahm ich Spencers Hand.

13 Kapitel

Die fünfte Woche

„Wirbelsturm"

Wir umfuhren die größeren Städte auf unserem Weg. Zu groß war Samuels Angst vor neuerlichen Ärger. Ein Treck wie unserer, fünfundzwanzig Frauen und nur drei Männer als Beschützer, lockte jede Menge Zwielichtes Gesindel an. Einmal hatte dem Mann gereicht. Wurden Vorräte gebraucht, fuhr Spencer mit mir oder Karen in die Stadt. Das führte manches Mal zu Unruhen unter den anderen Frauen. Einige vermissten die Stadt. Ich schlichte es, indem wir abwechselnd immer zwei der anderen Frauen mitnahmen. Das brachte dann neuen Gesprächsstoff, abends am Lagerfeuer. Es war jetzt eher ruhig geworden. Jeder hatte sich an das Leben im Treck gewöhnt.

Ich erwachte allein im improvisierten Bett des Fuhrwerks. Keine Spur von Spencer. Er hatte mich heute schlafen lassen. Sonst weckte der Mann mich immer, wenn er den Wagen verließ. Denn wir liebten es, morgens in aller Ruhe Kaffee zu trinken. Bevor das Lager erwachte und der Trubel losging. Hastig warf ich mir das Kleid über und suchte Spencer.

Ich fand den Mann bei den Pferden. Dort starrte er angestrengt in den Himmel. Das wunderte mich, denn keine Wolke war dort zu sehen. Und auch kein Lüftchen regte sich. Es war ein wunderschöner Morgen. „Guten Morgen, Spencer. Was bedrückt dich?" Fragte ich geradeheraus. Ich kannte den Mann inzwischen sehr gut, überlegte ich still. Spencer zog mich an sich und seufzte. „Irgendetwas stimmt nicht, Luise. Das Wetter ist trügerisch. Und kein Vogel ist am Himmel zu sehen. Selbst dein Hahn kräht heute

Morgen nicht, das macht mir Sorgen."
Erklärte er mir dann dunkel.

„Die Luft kannst du schneiden. Sie ist unnatürlich heiß." Sagte jetzt Willam nachdenklich. Er kam zu uns und beobachtete die nervösen Pferde. „Irgendetwas stimmt nicht, das steht fest." Sagte er heiser. Er verstummte. Als jetzt Rina Meier erschien. Eine schüchterne, in sich gekehrte Frau, die am liebsten allein blieb. Es wunderte mich, dass sie uns freiwillig aufsuchte. Zitternd blieb sie etwas abseits stehen. Ermutigend ging ich ihr entgegen. Das half. „Wirbelstürme. Es wird ein Wirbelsturm kommen. Ich kenne die Vorboten. Ich habe meine gesamte Familie in einem Wirbelsturm verloren. Meine Eltern, meinen Mann und mein Kind." Berichtete die angsterfüllte Frau hastig, sich versprechend. „Mary war doch erst zwei Jahre." Stammelte die Frau nervös. Ich schluckte. „Wirbelsturm?" Fragte ich ungläubig. So etwas hatte ich noch nie erlebt. Nur darüber gelesen. Unsicher winkte ich Spencer zu uns. Ich wiederholte Rinas Geschichte und wartete auf sein Urteil. „Bitte, wir müssen versuchen, den Wald dort hinten zu erreichen. Wir müssen hier weg, das flache Land ist gefährlich. Sogar tödlich. Wir müssen so tief wie möglich in den Wald fahren. Und die Pferde festbinden. Die Tiere werden sonst flüchten." Erklärte Rina wieder und wies auf das Waldstück am Horizont. Mit Tränen in den Augen sah sie uns an. Unsicher senkte ich den Blick. „Wenn wir den Wald anfahren, verlieren wir einen ganzen Tag. Du sagtest doch, dass wir jetzt auf dem direkten Weg sind und in einer Woche am Ziel." Sagte ich zweifelnd. Das Wetter war doch so schön, abgesehen von der merkwürdigen Stille und der heißen Luft.

„Irgendetwas stimmt nicht, es ist merkwürdig ruhig. Etwas liegt in der Luft." Meldete sich jetzt Samuel zu Wort. Der Mann hatte in einem der Wagen übernachtet, ich ersparte mir die Frage, bei welcher Frau er gewesen war. Das ging mich nichts an. Es war eine lange Reise und es war die Sache der Frauen, wenn sie Samuel bei sich übernachten ließen. „Rina meint, es kommt ein Wirbelsturm auf. Wir sollten Schutz im Wald suchen. Das kostet uns aber einen ganzen Tag." Erklärte jetzt Spencer nachdenklich. „Sorge du dafür, dass sich die Frauen abfahrbereit machen, Bruder. Ich werde mit William die Gegend erkundigen. Fahrt Richtung Wald. Auch, wenn es uns Zeit kosten wird." Befahl er dann streng. Er drückte kurz meine Hand und ging dann zu den Pferden. Besorgt sah ich ihm hinterher. „Pass auf dich auf." Murmelte ich heiser.

Die Frauen waren alles andere als begeistert, als wir alle weckten. Sie alle wurden brutal aus ihrem Schlaf gerissen. Ohne Frühstück oder Kaffee ging unsere Reise weiter. Jede von ihnen schimpfte oder fluchte leise. Keine der Frauen hatte Lust oder verstand den Grund für den überstürzten Aufbruch. Nur Rina trieb zur Eile und erntete böse Blicke. „Die spinnt doch. Das tat sie schon immer." Sagte jetzt Wendy frech. Seit der Hauptmann ihr klar gemacht hatte, dass er kein Interesse an ihr hatte, war ihr Ton aggressiv geworden. Das Mädchen hatte Liebeskummer und wir ignorierten den Ton. Doch das ging jetzt zu weit. Ich musste mit Wendy reden, nahm ich mir vor. Jetzt setzte Wind ein. Heftig werdender Wind, der harte Regentropfen mitbrachte. Ich spürte es zuerst. Denn Samuel fuhr den Wagen von Sally an der Spitze, ich fuhr am Ende der Kolonne. Bei mir waren John und Jack. Beide Jungen saßen verschlafen hinter mir. Seit beide wussten, dass sie uns auf Spencers Ranch begleiten durften, waren sie sehr friedfertig geworden. Es gab kaum noch Ärger mit ihnen.

„Was ist das denn?!" Schrie jetzt plötzlich Jack. Aufgeregt riss er an meiner Jacke und wies hinter uns. Genervt drehte ich mich um und erschrak. Ein riesiges, Trichterförmiges, sich schnell drehendes Teil, verfolgte uns. Das war eindeutig ein Wirbelsturm. Kein Irrtum. Und es war rasend schnell. Es schluckte alles, was ihm im Weg war. „John, läute die Glocke!" Befahl ich hektisch. Dann beschleunigte ich das Fuhrwerk. Die nervösen Pferde liefen los. Jetzt sahen auch die anderen den Sturm und fuhren schneller dem rettenden Wald entgegen. Der Kolone hatte sich aufgelöst, jeder fuhr auf eigenen Wegen zu den Bäumen. Karens Wagen kam ins Trudeln als die panischen Pferde ausbrachen,, dann kippte er. Niemand hielt an, um der Frau zu helfen. Ich wechselte die Fahrtrichtung und stoppte. Karen sprang erleichtert auf und weiter ging unsere Flucht. Ich riskierte einen Blick nach hinten. Karens Wagen verschwand im Sturm und wurde hochgewirbelt. Das wäre der Tod der Frau gewesen, dachte ich erschüttert. Unser Fuhrwerk war das letzte, dass den schützenden Wald erreichte. Samuel hatte auf uns gewartet und übernahm die Zügel. Er trieb die Pferde tief in den Wald. Dort, an einer hohen Felswand, kauerten die anderen Frauen voller Angst. Jack sprang vom Wagen und verschwand, keine fünf Minuten später war er wieder da. Hastig seine Hose schließend. „Da ist eine Höhle, Mister Tracy. Dort können wir unterkommen!" Schrie der Junge gegen den tosenden Lärm an. „Zeige sie mir." Schrie Samuel zurück und griff die Zügel der Pferde. Er machte uns Zeichen, ihm zu folgen. „Vergesst die Pferde nicht, die sind lebenswichtig." Schrie er gegen den

Sturm. Hastig lösten wir die Gespanne, John holte den Käfig mit dem laut protestierenden Brutus. Das Tier hatte große Angst, das merkte jeder.

Jack hatte tatsächlich eine große Höhle gefunden. Überglücklich schoben wir uns mit den Pferden durch den Eingang. Das war unsere Rettung, denn jetzt hatte der Wirbelsturm den Wald erreicht. Er tobte und blies, warf riesige Mengen Wasser in den Wald. Blitze zuckten und schlugen in den Boden, wo wir gerade noch standen. Bretter und Bäume flogen umher. Jeder der jetzt draußen war, könnte tödlich getroffen werden. Ich dachte an Spencer und William. Hoffentlich konnten die beiden sich auch in Sicherheit bringen. Denn sie waren dem Wirbelsturm direkt entgegen geritten.

Der Wirbelsturm kam bedenklich näher, fast hatte er unsere Wagen erreicht. Eine der Frauen begann zu singen, wir stimmten ein. Die Jungen dicht an mich gedrückt, betete ich still für Spencer und William. Wendy ging jetzt zu Rina und senkte ihren Kopf. Stammelnd entschuldigte sie sich bei der

Frau für ihre unangebrachten Worte vorhin. Das ließ mich trotz allem Lächeln. Ein riesiger Baum fiel um, der Lärm ließ uns aufschreien. Doch, als hätte der Wirbelsturm genug davon, uns zu jagen, drehte er plötzlich ab und verschwand rasend schnell in eine andere Richtung. Samuel befahl uns, die Höhle nicht zu verlassen, während er die Pferde rausbrachte. Brutus folgte dem Mann, für meinen Hahn gab es keine Befehle, musste ich denken. Aufgeregt flatterte er hinter Samuel her und krähte böse dem Wirbelsturm an. Hoffentlich besann der sich jetzt nicht und kam zurück, dachte ich voller Angst.

Samuel winkte uns aus der Höhle. Unsicher gingen wir durch den zerstörten Wald, oder das, was davon übrig war. Waren wir tief reingefahren, so konnte man jetzt die gesamte Steppe sehen. Der Wirbelsturm hatte eine breite Schneise geschaffen. „Es gleicht einem Wunder, das wir das hier überlebt haben, meine Damen. Einem Wunder und Rina, die den Mut hatte, uns rechtzeitig zu warnen." Erklärte jetzt Samuel ernst. „Wir werden heute hier rasten. Die Pferde müssen sich erst einmal beruhigen. Jack, John, helft mir, die Tere auf die Steppe zu bringen und einzuzäunen." Sagte er weiter. Ohne weitere Worte, griff er die Zügel und verschwand. Besorgt sah ich ihm hinterher. Ich fühle eine Hand, die sich beruhigend auf meine Schulter legte. „Spencer und William sind erfahren, Luise. Sie werden dem Sturm ausweichen und uns suchen. Deswegen wartet Samuel diesen Tag hier ab. Vertraue deinem Mann. Spencer lässt dich nicht in Stich." Sagte Karen leise flüsternd. Dann sorgte sie dafür, das Feuer gemacht und Kaffee gekocht wurde.

Fast den ganzen, restlichen Tag verbrachte ich damit, die Steppe anzustarren. Immer in der Hoffnung, eine ungewöhnliche Bewegung, oder besser, zwei Reiter zu entdecken. Was, wenn Spencer dem Wirbelsturm nicht entkommen war. Was, wenn der Mann mit weggerissen wurde? Zitternd vor Angst gab ich meinen Beobachtungsposten beim Dunkelwerden auf. Es hatte keinen Sinn, länger in die

Nacht zu starren. Morgen wollte Samuel weiterfahren. Er meinte, die beiden würden uns schon finden. Ich protestierte, doch vergebens, ich war allein mit meiner Meinung, noch zu warten. Die Frauen wollten endlich das Ziel erreichen. Ich kroch weinend in den Wagen und zog mir die Decke über den Kopf. Es war jetzt spät und es hatte keinen Sinn, weiter zu warten. Weinend fiel ich in einen unruhigen Schlaf.

Eine schwere Hand legte sich auf meine Schulter. Ich schrak aus meinem leichten Schlaf. „Na, du? Ich habe gehört, dass du mich vermisst hast." Hörte ich Spencers dunkle Stimme fragen. Träumte ich das? Spencer küsste mich leidenschaftlich und wischte alle Bedenken beiseite. Entschuldige, dass ich so lange brauchte. Aber unsere Pferde drehten durch und liefen davon. Wir mussten das ganze Stück laufen." Erklärte Spencer. Er lehnte sich zurück und war Sekunden später eingeschlafen. Ich jedoch hielt Spencer dankbar in meinen Armen und sprach still ein Gebet.

14 Kapitel

„Die Ankunft"

Große Aufregung herrschte heute Morgen. Es war der letzte Tag unserer Reise. Wir würden heute unser Ziel erreichen, das hatte Spencer versprochen. Jede der Frauen machte sich heute besonders schön. Jede wollte den warteten Männern gefallen. Es herrschte das erste Mal eine gelöste, fast alberne Stimmung im Lager. Keine der Frauen hatte es heute eilig. Das verzögerte unseren Aufbruch gewaltig. Schmunzelnd beruhigte ich die ungeduldigen Männer. Samuel drängte mehrmals heftig zur Weiterfahrt. Endlich war es so weit. Unsere Reise neigte sich dem Ende.

Die letzte Woche war fast langweilig vergangen, zu den anderen Wochen zuvor. Keine besonderen Vorfälle, die nennenswert wären.

Spencer ließ alle Fuhrwerke an uns vorbeifahren. Geduldig wartend. Dann wies der Mann auf die Ebene, die sich unter uns auftat. „Siehst du das Land? Die eingezäunten Weiden? Das ist mein Land, Luise. Das alles gehört mir, bald uns." Sagte der Mann stolz. Staunend sah ich das riesige Tal. „So viel Land besitzt du?" fragte ich verwundert. Das erschütterte mich etwas. „Was ist mit Samuel? Gehört ihm nicht auch ein Teil?" Fragte ich neugierig. Spencer schüttelte lächelnd seinen Kopf. Samuel ist nicht so der Landwirt. Er hat mit seinem Anteil Häuser und Geschäfte bauen lassen. Ihm gehört die halbe Stadt. Dort hat er vor unserer Abreise damals, ein Hotel in Auftrag gegeben. Dort werden die anderen Frauen erst einmal unterkommen. Bis sich ihre Lage geklärt hat." Erklärte Spencer leise werdend. Er spürte meine Unsicherheit. „Die anderen Frauen? Was ist mit mir?" Fragte ich verlegen, denn darüber hatte Spencer sich bislang ausgeschwiegen. Außer ein paar wagen Andeutungen, hatte Spencer sich über unsere Zukunft ausgeschwiegen, dachte ich jetzt voller Angst. Unsere Reise endete, Zeit, das zu klären, dachte ich nervös.

Spencer wendete den Wagen und fuhr, statt den anderen zu folgen, den Hügel herunter. Schweigend fuhr er einen alten, ausgetretenen Weg entlang. Vor einer alten, eingefallenen Hütte hielt er endlich an. „Mein erstes Haus, Luise. Hier habe ich mit Maggy gewohnt. Ich habe dir von meiner ersten Frau erzählt. Es war keine Liebesheirat, das sagte ich dir auch. Nach ihrem merkwürdigen Tod schwor ich mir, nie wieder zu Heiraten. Auch, wenn ich Maggy nicht liebte, so gab ich mir die Schuld an allem. Ich hielt meinen Eid. Bis ich in eure Stadt kam und dich sah, Luise. Es traf mich wie ein Schlag, du warst es, die ich mein Leben lang gesucht hatte. Meine fehlende Hälfte. Jeden Tag habe ich dich beobachtet. Das musst du doch bemerkt haben. Ich liebe dich, zukünftige Mrs. Tracy." Erklärte Spencer dunkel lachend. „Ich konnte es nicht fassen, als du sich nach dieser Reise erkundigt hast. Und dann absagtest. Ich bin den Abend raus zu euch, um dich noch einmal zu überreden. Doch stattdessen habe ich dir das Leben gerettet. Das, was ich da zu deinem Bruder gesagt habe, war mein voller ernst. Ich werde dich nie wieder gehen lassen, du bist meine Frau." Sagte er heiser und küsste mich lange. Begehrend strichen seine Hände über meinen Körper. Überglücklich zog ich ihn in den Wagen.

„Warum hast du mir das nicht schon früher erzählt?" fragte ich neugierig. Spencer hielt den Wagen jetzt vor einem imposanten Haus. Meine zukünftige Heimat, ging mir durch den Kopf. Spencer half mir vom Wagen. „Weil ich wollte, dass du mich erst besser kennenlernst. Du solltest mich lieben lernen. Ich wollte mich doch nicht blamieren." Scherzte der Mann glücklich. „Ich liebe dich, Spencer. Ich glaube, seit du mich und Brutus gerettet hast. Und jeden Tag wurde das Gefühl stärker." Flüsterte ich leise. Denn jetzt ging die Tür des Hauses auf und ein Mann kam die Treppe runter.

„Hallo Spencer. Da bist du ja endlich. Ich habe eigentlich schon vor Tagen mit dir gerechnet. Was hat dich aufgehalten?" Fragte der Mann, mich ignorierend. Doch sein anzüglicher Blick jagte mir einen Schauer über den Rücken. „Hallo, Monty. Gut, dass du dich um alles gekümmert hast. Wir hatten unterwegs einige Probleme. Erzähle ich dir später." Sagte Spencer und sah zu, wie ich Brutus aus dem Käfig ließ. Dieser Monty wich überrascht zurück als Brutus laut krähend aufflog. Glücklich, endlich frei zu sein. „Was ist das denn für ein Monster!" Schimpfte er los. Spencer lachte leise amüsiert. „Das ist Brutus, mein neuer Haushahn, Monty. Und Luise ist seine Besitzerin. Luise ist meine Frau. Wir werden heute Nachmitttag heiraten. Pastor Joe ist doch in der Stadt?" Sagte Spencer gutgelaunt. Der Blick des anderen Mannes war ungläubig. „Du willst wieder heiraten, Spencer? Hat es dir mit Maggy nicht gereicht?" Fragte Monty taktlos. Sein eiskalter Blick jagte mir wieder einen Schauer über den Rücken. „Wieder so eine Rettung, wie damals bei Maggy?" fragte er dann, als wir verlegen schwiegen.

Zeit, mich zu behaupten, dachte ich. „Nein, ganz das Gegenteil, Mister. Ich bin Lehrerin und stehe auf eigenen Beinen. Ich kenne mich bestens auf einer Ranch aus, mit jeder Art von Arbeit. Ich heirate Spencer aus Liebe." Erklärte ich dem unhöflichen Mann finster. Demonstrativ küsste ich Spencer. „Ich werde mich im Haus etwas umsehen. Unterhalte du dich mit Monty." Sagte ich dann ernst. Ich wusste, Monty und ich würde nie Freunde werden.

An Spencers Hand betrat ich das neugebaute Hotel. Gespannt sah ich mich um. An den Tischen saßen die Frauen und sprachen ganz ungezwungen mit Männern, die sich hier eingefunden hatten. An manchen Tischen saßen zwei oder drei Männer und bemühten sich, die Frau von sich zu überzeugen. Bei meiner Freundin Karen war das der Fall. Ihre selbstbewusste, energische Art, zog die hart arbeitenden Männer anscheinend an. Einzig Sally saß mit ihrem Baby verloren, allein an einem Tisch. Niemand setzte sich zu ihr. Keiner der

Männer hier interessierte sich für die hübsche Frau. Stumm wies ich Spencer darauf hin. „Das Baby schreckt die Kerle ab, Liebes. Damit habe ich gerechnet. Aber lass den Kopf nicht hängen. Auch für Sally gibt es ein Happy End." Prophezeite er mystisch. Wusste er mehr wie ich? Ich sah zu Wendy. Was trieb das junge Mädchen? Verursachte sie wieder Ärger? Zuzutrauen war es ihr. Doch Wendy war vertieft in einem Gespräch mit einem jungen, ernst aussehenden Mann. Spencer zog mich jetzt zu den beiden. „Ich habe zehn Geschwister, Reverend. Es können jetzt aber auch schon elf sein. Meine Mutter war hochschwanger, als wir losfuhren." Erzählte Wendy lustig grinsend. Er junge Mann lachte sympathisch.

„Guten Abend, Reverend. Wir möchten heute noch heiraten. Hat Samuel es ihnen ausgerichtet?" Unterbrach Spencer das Gespräch. Der junge Mann wendete seinen Blick von Wendy zu mir und lächelte sanft. „Gerne, Samuel sagte es bereits. Ich freue mich für dich, Spencer." Sagte er mit angenehmer Stimme. Ich sah wie Wendy eine böse Schnute zog. Doch dann lächelte sie bereits wieder „Eine gute Idee, ihr beiden. Ich helfe dem Reverend die Kirche herzurichten." Sagte sie und hakte den jungen Mann unter. Der gehört mir, wollte sie damit sagen. „Ich liebe Männer in Uniform." Flüsterte Wendy mir, während sie den wehrlosen Reverend aus dem Saal zog.

„Armer Pastor Joe. Er hat keine Chance, Wendy zu entkommen. Dabei hat er sich eine nette, ruhige, sanfte Frau gewünscht." Sagte Spencer lachend. Ich seufzte schmunzelnd. „Ich finde, die beiden passen gut zusammen. Gegensätze ziehen sich an, sagt man doch. Und wir werden eine Menge kleiner Pastorenkinder erwarten dürfen." Flüsterte ich zurück. Jetzt drehte Spencer mich zu Sally herum. William hatte sich zu der jungen Frau gesetzt und griff ihre Hand. Versprechend drückte er sie. Dann nahm er das Baby und wiegte es sanft in seinen Armen. „Es findet sich alles, oder?" Sagte Spencer zufrieden. Ich nickte und wies auf Rina. Bei ihr saß ein Mann mit zwei kleinen Kindern, das eine, keine drei Jahre alt.

Liebevoll strich Rina dem Kind die Haare aus dem Gesicht.. „Das ist Taylor. Seine Frau starb bei der Geburt der Kleinen." Erklärte Spencer schmunzelnd. Ja, es fand sich wirklich alles, dachte ich zufrieden.

Spencer betrat die Bühne und bat um Ruhe. „Liebe Freunde. Liebe Reisekameradinnen. Eine lange Reise liegt hinter uns. Mit einer Menge Abenteuer und Gefahren. Vier Frauen haben wir unterwegs verloren. Aber das können euch die Frauen berichten. Mir ist nur wichtig, das alles friedlich abgeht und kein Streit entbrennt. Seid fair untereinander und akzeptiert die Entscheidungen der Frauen. Ich will keine Prügeleien oder schlimmeres erleben." Sagte er mahnend. „Ich werde den Anfang machen und Luise heiraten. Hiermit lade ich euch alle dazu ein. Gleich, drüben in der Kirche." Sagte er und nahm meine Hand. Lauter Applaus folgte seiner Rede.

15 Kapitel

Drei Monate später

„Womit verdient dieser Monty eigentlich sein Geld? Jeden Tag treibt der Mann sich hier herum. er ist mir unheimlich." Sagte ich leise zu Spencer. Wir lagen im Bett und hatten uns gerade heftig geliebt. Unser Beischlaf wurde bei jedem mal besser, leidenschaftlicher. Mein Vertrauen zu Spencer wuchs mit jedem Tag. Erschöpft grunzend zog Spencer mich an sich. „Der Kerl hat eine kleine Goldmine auf seinem Grundstück entdeckt. Eigentlich genug zum Abbau. Doch der Mann ist faul und baut immer nur so viel ab, wie er zum Leben braucht. Dabei könnte er sich mit dem Gold eine schöne Ranch aufbauen. Lieber kommt er her und nervt mich. Monty möchte das kleine Flussgebiet an der Grenze zu seinem Besitz kaufen. Da ist hinterher, wie der Teufel hinter einer Seele. Doch ich kann das Land nicht verkaufen, Luise. Monty könnte dann den Fluss stauen und umleiten, das bedeutet kein Wasser für die unteren Wiesen. Das wäre unser Ruin." Erklärte er schläfrig, ich schluckte, denn es war alles etwas merkwürdig. „Kannst du dafür sorgen, dass Monty nicht mehr auf die Ranch kommt? Er macht mir Angst und tyrannisiert John und Jack. Er behandelt die beiden wie Sklaven und verspottet sie, wenn versuchen sich zu wehren. Neulich hat er die Jungen gefragt, ob sie auch weglaufen und Kopfgeldjäger werden wollen. Bis dahin wussten die Beiden nichts von deiner Vergangenheit. Jetzt hat der Kerl die beiden neugierig gemacht." Erklärte ich wütend. Monty machte mir Angst, große Angst. Er näherte sich mir unangebracht. Er kam unangemeldet ins Haus und bediente sich schamlos an den Speisen. Heute Mittag hatte der Mann ungeniert den frisch gebackenen Kuchen gegessen, den hatte ich eigentlich für Spencer gebacken. Ich wollte meinen Mann damit überraschen. Wütend hatte ich unseren Nachbarn zurecht gewiesen. Doch seine Antwort war wie stets. „Stell dich nicht so an. Maggy hat das nie gestört." Immer wieder erwähnte der Mann Spencers erste Frau. „Ich bin nicht Maggy! Und ich will sie nicht im Haus haben!" Hatte ich den Mann angeschrien. Fast sah es aus, als wolle Monty mich schlagen. Zum Glück waren die

Jungen ins Haus gekommen und hatten einen Streit verhindert.

„Ich rede mit Monty", Versprach Spencer und schnarchte gleich darauf.

Wütend stand ich auf dem Hof. Von den Jungen fehlte jede Spur. Dabei hatten sie Spencer versprochen, mir zu helfen. Denn Spencer war mit Samuel in die nächste Großstadt gefahren. Vorräte für den kommenden Winter einkaufen. Beide Männer waren drei Tage fort. „Ich muss mit dir reden, Spencer." Hatte ich zum Abschied gesagt. Samuels ernster, durchdringender Blick ließ mich frösteln. Dabei war es doch eine schöne Überraschung, die ich für meinen Mann hatte, überlegte ich.

Ich war alleine mit John und Jack. Doch die Jungen waren dem Goldfieber verfallen. Jede freie Minute zogen beide Kinder los. Mich machte das wütend, Spencer lachte nur darüber. Er meinte, dass es sich bald legen würde. Bald hätten die Jungen es satt, umsonst zu suchen. Endlich sah ich die Kinder Heimkommen. Erleichtert, denn ich fürchtete mich etwas, allein im Haus zu sein. Aufgeregt stoppten beide ihre Ponys vor mir und sprangen aus den Sätteln. „Nicht schimpfen, Luise. Wir haben etwas ungeheures rausgefunden. Deswegen kommen wir so spät." Sagte John sich verschluckend. „Ja, wir haben diesen Monty beim Goldwaschen beobachtet. Auf Spencers Besitz!"" Sagte Jack kurzatmig. Er hustete, um zu Atem zu kommen. „Wie bitte?" Gelang es mir zu sagen. Geschockt starrte ich beide Jungen an.

„Ja, der Mann stand auf der rechten Flussseite und wusch Gold aus dem Fluss. Das ist doch Spencers Besitz. Das sagte dein Mann deutlich. Er hat uns verboten, den Fluss zu überqueren. Spencer sagte drüben wäre die Grenze zu diesem Widerling." Erklärte jetzt wieder John. Ich schluckte und mir wurde vieles klar. Warum Monty unbedingt das Land mit dem Fluss haben wollte. Vielleicht klärte sich noch etwas anderes, dachte ich bitter. „Hat der Mann euch gesehen, Jungs?" Fragte ich streng. Beide Kinder zuckten mit den Schultern. Sie wussten es also nicht. „Versorgt eure Tiere und füttert das Vieh. Und dann ohne Umwege ins Haus. Ihr schlaft heute in meinem Zimmer." Befahl ich ernst. Dann ging ich, den Revolver reinigen, den Spencer mir vor wenigen Wochen gegeben hatte. Auch damals musste ich die Jungen beschützen, überlegte ich zitternd.

Gegen Mitternacht machte sich jemand an der Haustür zu schaffen. Brutus saß auf dem Küchentisch und warnte mich mit leisem Gackern. Ich schreckte aus meinem Dämmerschlaf und griff den Revolver unter dem Tisch. „Kommen sie rein, Monty. Ich warte auf sie!" Rief ich durch das Haus in den Flur. Ein leiser Fluch war meine Antwort. „Haben die Bengel also gepetzt. Ich hatte eigentlich gehofft, dass die beiden ihren Mund halten. Dann wäre das hier leichter gewesen." Sagte Monty und kam mit seinem Gewehr in die Küche. Er schreckte kurz zurück als er Brutus sah, besann sich dann aber. „Was meinen sie? Die Jungen und mich umzubringen? So, wie Maggy damals? Es war kein Selbstmord damals, habe ich recht? Was war es? Ist ihnen Maggy auch auf die Spur gekommen?" Fragte ich wütend.

„Das Weib hat mich erpresst! Sie wollte immer mehr Gold haben! Sie wollte hier weg. Spencer war ihr zu langweilig, zu gerade, bodenständig, Jeden Tag nur arbeiten, nie mal in die Stadt. Sie wollte Spencer verlassen. Dafür wollte sie viel Gold. Ich erklärte ihr, dass man im Fluss nicht viel findet, dafür müsste man den Hügel sprengen, doch der gehört ja Spencer. Und da kann ich nicht einfach ein Loch sprengen." Erklärte der Mann finster, er war wohl froh, einmal darüber reden zu können. „Maggy wurde ungeduldig und drohte, alles Spencer zu verraten. Das konnte ich nicht zulassen. Ebenso wie heute. Ich muss euch drei zum Schweigen bringen. Du bist anders als Maggy. Du liebst diesen naiven Einfaltspinsel. Seit Jahren wasche ich sein Gold und er merkt es nicht." Sagte Monty weiter und hob das Gewehr. Brutus flatterte auf und schlug seine scharfen Krallen tief in Montys Arme. Erschreckt ließ der Mann schmerzerfüllt das Gewehr fallen. Panisch kämpfte Monty mit meinem Hahn. Jack kam in die Küche gerannt und griff sich das Gewehr. Beide Jungen hatten also, trotz meines Verbots, gelauscht. Ich hob den schweren Revolver und zielte auf Monty. Ich pfiff und Brutus ließ von dem Mann ab. Monty blutete aus unzähligen Wunden, als die Jungen den Mann fesselten. „Das alles hier, wird euch dreien niemand glauben! Ihr seid hergelaufenes Gesindel. Spencer, Samuel und ich sind seit vielen Jahren Freunde!" Schrie Monty laut kreischend.

„Waren wir tatsächlich, Monty. All die Jahre habe ich nicht gewusst, das du Maggy ermordet hast." Hörte ich plötzlich Spencers Stimme sagen. Mein geliebter Ehemann kam in die Küche. „Wir waren den halben Tag unterwegs, als Samuel eine Bemerkung machte. Mein Bruder sagte mir, dass dies Situation, an damals, an Maggys letzte Tage erinnere. Auch sie habe ich damals allein gelassen. Auch sie wollte damals mit mir reden. Daran erinnerte ich mich. Ich sprang auf mein Pferd und kam umgehend Heim. Gerade richtig, um alles zu hören. Das ganze Geständnis." Sagte Spencer mit unterdrückter Wut. „Kommt Jungs, sperren wir den Mistkerl ins Eishaus. Morgen bringen wir ihn zum Sheriff." Sagte Spencer finster. „Spencer versteh doch. Wir waren doch immer Freunde. Lass das nicht von den Weibern kaputt machen." Sagte jetzt Monty flehend. „Halte deine Fresse, Kerl. Oder ich erschieße dich gleich hier. Du wolltest Luise ermorden. Das werde ich dir nie verzeihen!" Schnauzte Spencer. Er grunzte als die Jungen kicherten.

Glücklich, auch dieses Abenteuer überlebt zu haben, lag ich in Spencers Armen. „Ich muss mit dir reden, Mann." Begann ich leise zu sagen. Spencer zog seine Stirn in Falten. „Was willst du mir sagen, Luise? Willst du gehen? Gehen wie Maggy es wollte? Ist dir die Arbeit zu schwer?" Fragte er finster und verzog sein Gesicht voller Sorge. Schnell strich   ich mit den Fingern darüber. Ich merkte, Maggys Verrat saß   tief. „Unser Leben muss entschieden ruhiger werden, Kopfgeldjäger. Wir werden Eltern. Darauf müssen wir Rücksicht nehmen. Ich liebe dich, Spencer Tracy." Flüsterte ich und lächelte, als Spencer sprachlos grinste.

Epilog

Wer misst schon Zeit, wenn man glücklich ist? Unserer ersten Tochter Mandy, folgten noch drei weitere Kinder. Alle vier wuchsen hier auf der Ranch auf. Streng erzogen von mir, gnadenlos verwöhnt von Vater und Onkel. Beschützt und behütet von John und Jack. Beide Jungen entwickelten sich prächtig. John wurde unser Pastor, als Reverend Joe abdankte und mit seiner Frau, niemand anderes als Wendy, wieder in den Osten zog. Jack wurde Arzt. Spencer förderte seine Intelligenz und bezahlte das Studium mit dem Gold, das wir in unserer Freizeit aus dem Fluss wuschen. Wir haben nie eine Mine eröffnet. Die unangetastete Natur war uns wichtiger. Jack kam nach seinem Studium zurück und heiratete unsere Mandy. Auch meine anderen Kinder fanden gute Partner in der rasch wachsenden Gemeinde. Einer Gemeinde, die mit vierzig einsamen Männern und einem Treck von dreißig Frauen und einem Hahn begann.

Was gibt es noch zu erwähnen:

Monty konnte unser Geheimnis nicht mehr verraten. Der Mann lag tot im Eishaus, als Spencer ihn am nächsten Morgen zum Sheriff bringen wollte. Er war übel zugerichtet worden, hatte überall tiefe Krallenspuren. Der Mann war verblutet. Brutus saß morgens auf seinem Misthaufen und krähte stolz. Spencer näherte sich dem Hahn nie wieder. Brutus zeugte viele, sehr viele Nachkommen, die landesweit als Wachtiere gehalten werden.

Jack und Johns Vater verstarb im Gefängnis, bei einer Messerstecherei, das fand Samuel heraus. Er adoptierte die Jungen. Samuel hat nie geheiratet.

Sally und William heiraten kurz nach uns und erwarben das Land von Monty. Sie sind unsere liebsten Nachbarn geworden.

Zu guter Letzt wäre da noch Karen, meine Schwester des Herzens. Sie heiratete den Kaufmann des Ortes. Ich besuche sie jede Woche. Dann trinken wir Kaffee und schwelgen in Erinnerungen. Erinnerungen an den langen Treck der Frauen..

Ich lausche der Rede des Bürgermeisters und sehe zu.. wie die Zeitkapsel unter der Statur von Brutus, unser Stadtmaskottchens, vergraben wird. Ich stehe hier allein unter all unseren Freunden. Spencer ist lieber mit seinen drei jüngsten Enkelkindern Angeln gegangen. Er hat die Leitung der Ranch vor einigen Jahren an seine Söhne abgegeben und genießt jetzt das Zusammensein mit seinen Enkeln. Ich kann es ihm nicht verdenken. Wir haben eine wundervolle

Familie geschaffen. Zwei Menschen, die sich zufällig begegnet sind.

Eine immer noch starke Hand legt sich auf meine Schulter. „Na, hast du mich vermisst?" Höre ich Spencers tiefe Stimme fragen. Wie immer hat Spencer gespürt, dass ich ihn an meiner Seite brauchte, dachte ich zufrieden.